김서진 창작수필집

사막에서 나를 외치다

| 김서진 | 지음

김서진

지은이 김서진은 작가이며
여행가이며 도전가이다
평범함을 벗어나
끊임없이 세상에 도전하면서
자신의 삶을 개척해 나가고 있다.

김서진 창작수필집
사막에서 나를 외치다

초판 인쇄일 2022년 11월 5일
초판 발행일 2022년 11월 5일

펴낸곳 | 도서출판 그림책
펴낸이 | 장문정
지은이 | 김서진
디자인 | 이정순 / 정해경
주 소 | 경기도 수원시 영통구 이의동 웰빙타운로 70
전 화 | 070-4105-8439
E - mail | khbang21@naver.com
표지디자인 | 토마토

김서진 창작수필집

사막에서 나를 외치다

사막에서 나를 외치다
— 김서진 창작수필집을 펴내며

사막의 숲에서 나는 내음은
나를 살아나게 한다.
그 속에서 몸과 마음을 내려놓는다.
1500km나 되는 사막,
누군가는 흔적을 흘렸다.
그는 누구인가?
주인없이 버려진 발자국을 따라갔다.
황량한 길이었다.
사막에서는 사람이 아닌 길을 만나야 한다.
사막의 길은 지도에서도 움직이고
끊임없는 걸음으로 세상에 존재한다.

나의 글을 사막이다.
황량한 사막으로 띄는 발은 펜촉이다.
한 걸음, 한 글자를 새긴다.
새기면 새길수록 부셔지는 시간이 지나면
글은 모래가 된다.

손가락 사이를, 발가락 틈으로 사라지는 것
그리하여 황량한 사막이 들어찬다.
나의 글은 거기에 근거한다.

글속에 모래가 가득하다.
모래와 모래 틈에서
사각이는 향수는 일어난다.
막막한 사막의 공허함이 글을 부풀게 한다.
길 위에 떠도는 사막의 선장,
그 선장은 자신의 주인이 되어 살아가기를…

글을 읽는 독자들께서는
용기를 내어 독자적인 향기를 뿌리며
삶을 살아가길 바라고 바란다.

– 지은이 김서진

사막에서 나를 외치다
CONTENTS

2부 내 안의 소리

김서진 창작수필집

1부

사막은 나다

그때의 느낌을 만지작

글에서 순수함을 탐한다. 글에 순수함이 묻어 있길 상상한다. 고구마라떼를 마시며 글은 기록되었다. 순수함을 강요하지는 않는다. 그래도 순수함이 좋다. 언제부터인가, 꾸며지지 않은 순박한 글이 읽기에 좋았다. 순수함이 필연은 아니지만, 숙성된 순수함을 탐닉했다. 뭐든 하다보면 벽을 마주친다.

쓰고 싶다. 쓰고 싶다고 글은 내 펜을 찾아드는 것은 아니다. 시간이 한 자리에 고여있는듯한 그런 느낌이다. 가끔 바람처럼 스치고 지나가는 영감을 담아 한글자씩 새긴다. 고여있는 것보단 흐르는 것이 더 낫다는 강박이다. 정제된 글도, 고여있는 듯한 글도 계속해서 의식으로 필터링을 되면서 흐른다. 슬럼프도 이와 같이 그러하다.

고비사막에 서서 나침반을 응시한다. 나침반은 답이 없다. 억지로라도 전진을 하면 글은 써질 거라고 뇌까렸다. 나의 글에는 순수함이 장착되어 있다.

체취를 타고 나의 공간에 들어온다. 그 체취를 체감한다. 지금이란 시간속에서도 외롭지 않을 것 같은 충만함, 바람에 향기를 뿌린다.

살며시 눈을 감는다. 그리고 떠본다. 흐르는 바람결에 나를 맡긴다. 머릿결은 살랑살랑 바람을 따른다. 늦바람이었다. 치마자락처럼 바람이 춤을 춘다. 더 이상은 느껴지지 않을 이 감정을, 손에 잡았다. 잠시 나는 출렁인다.

온 몸을 비틀며 언젠간은 또 보자고 말했다. 스르르 스르륵 그 잔상이 퍼졌다. 퍼지는 잔상들을 한조각씩 퍼즐속에서 나열됐다. 그 잔상은 머릿속에서 떠나닌다. 다시 그 공간으로 눈을 감았다.

시원 섭섭한 바람에 기대 흐느끼며, 그때의 느낌을 홀짝거린다.
솔깃하다.
바람결에 감정의 글자로 수를 놓을까?

감정이 길위를 범람하다

어느새, 눈을 감으니 길 위의 선장이 되었다. 정해지지 않는 길을 가야 한다는 것에 긴장감이 팽팽했다. 마치 마른 장마가 온몸에 쏟아지는 듯해 놀랐다. 마른 고비가 끝없이 이어졌다. 길 위의 선장이 된 느낌에 나는 수없이 고뇌를 했다. 길 위에서 나침반을 속주머니에서 꺼냈다. 나침반은 따뜻했다. 바람은 표피를 할퀸다. 시간이 감각을 일으키며 지나간다. 경험은 피부에 저장된다. 끓어 오르는 기억을 떠올리며 다시 한발자국 선명하게 디뎠다. 언젠간은 마른 고비가 완결될 것을 믿는다. 그 여파를 글로 매듭지을 수는 없지만, 지금 이 순간을 탐정처럼 퍼즐의 빈칸을 맞춰간다.

감정이 바다를 이른다

어딘가?

이상의 일곱 아해들처럼 감정의 해일이 나를 덮쳤다. 그것은 불편한 감정이었다. 그 감정이 나를 침범하는 듯한 느낌이 들었다. 불편함은 나를 떠나지 않고 내 주변을 맴돌았다.

들키지 않으려는 산짐승 같은 감정을 숨기고 또 숨겼다.

쌓이고 쌓인 지도와 같은 감정이 영토를 침범했다. 흘렀다. 흘러넘쳤다. 고슴도치의 사랑처럼, 반칙으로 승리한 자의 가벼운 입꼬리처럼 하고 싶었지만 나의 생각은 나의 통제를 거부했다. 오래 쌓았던 감정은 나를 파괴하고 그 감정이 나의 주인처럼 굴었다. 나도 모르게 울부짖었다.

스쳐지나간 시간, 촉감, 느낌이 지금의 나를 되돌리게 했다. 나라는 골속에 침잠해 있던 짐승의 욕정, 야수의 욕구, 날 것의 감정이 개과천선할 것이라는 망상은 부질 없었다. 감정의 바다에 담긴 나의 체온은 차가웠고, 얼어가고 있었다.

감정의 바다에 잠겨있는 나의 표정과 체온은 일치했다. 계속해서 들어오는 파도는 골을 더 파멸시키고 있었다. 캄캄했다. 블랙홀의

구멍에 들어가고 있었다. 블랙홀이 생성 될수록, 두려움은 내 옆에 떡 버티고 있었다. 얼마나 더, 얼마나 더…

상처가 깊어갔다. 상처는 얼마나 심하게 도지다가 나아지는 것일까. 전혀 앞은 보이지 않는다. 영영 빠져나올 수 없는 블랙홀 위치라고 각인하고 싶었다. 따뜻하고 부드러운 감촉을…

나는 말라간다. 마른 나무처럼 감정이 메마른다. 표정은 잘 바른 시멘트같다. 내가 시들어가는 동안에도 세상은 여전했다. 그 세계는 달랐다. 감정과 표정이 일치했다. 내 속은 다른 사람들로 가득했다. 나는 내 속의 많은 사람들의 표정을 닮아갔다.

움직이는 시간, 웃음이 나는 시간까지… 이런 세계 속에서 적응해야 한다. 교감을 하고 싶었던 나와는 달리 이 상황은 별개다. 전혀 다른 세상과 나 혼자 교감했다. 나 혼자 교감을 하는 것처럼 나는 마치 외계인이 된 것 같다.

감촉을 느낀다. 영원하지 않을 듯한 환청과 함께…

미지의 글

샘물에 내 발을 담갔다. 샘물 속에서 기포가 살포시 올라왔다. 기포가 마치 나의 호흡처럼 오르고 내리고를 반복했다. 기포는 나를 생각에 잠기게 했고, 생각의 기포가 계속해서 올라왔다. 난 기포가 되어 호흡했다.

숨이 가빴다. 숨이 쉬어 지지 않았다. 가쁘고, 가쁜 숨을 내쉬었다. 숨은 거칠었다. 호흡을 거친 숨은 생명이 되었다. 나도 생명력을 얻고 싶었다. 생명력을 잃고 싶지 않았다. 찾아야만 했다. 거친 숲속을 밀치며 앞으로 전진을 했다. 숲속에서 난 치타마냥 뛰었다.

함정이다. 흐르는 샘물 속 나의 반수면상태의 것이 드러났다. 미지의 길에 빠지는 것처럼 샘물에 담기는 것을 두려워했다. 두려움과 맞닥뜨리게 됐다. 샘물의 거친 숨소리가 내 속살을 파고들었다. 그것이 미로였을 거라곤 상상도 못했다. 미로에 들어왔다. 눈을 떴는데, 사방으로 미로가 꿈틀꿈틀 거리고 있었다. 미로의 글이었다. 글의 해답을 찾는 중이다. 미로에서 빠져나올 궁리를 한다. 지하에 계속 있으니 취해버렸다. 미로에서 온전히 탈선한다.

새로운 비행선은 도드라진다.
이 글은 아직 미완성이다.
계속해서 써 나갈 것이다.

지구에 떨어진 여행자들

먼저 인사를 내보였습니다. 여행이란 두 단어를 듣자마자, 몸이 반응을 하는 여행자는 김서진이라고 합니다. 지구 밖의 지구 반대편에서, 지구로 여행하러 들어왔습니다. 외계인들이 떠들었습니다. 나도 함께 속닥였습니다.

당신은 혼자 왔습니까?

네, 제가 가이드를 하겠습니다.

이들과 산내음을 맡으러 깔딱 고개를 올라간다.

깔깔깔깔, 샤바라빵빵치크파라이 사바디기돕라싸바라키하빵빵루씨, 외계인들은 자기네들의 외계어 말로 대화를 나눈다. 나도 외계인들에 대해서 예전부터 외계어를 알고 싶었었다. 따라서 한다. 지구에 잠시 잠깐 주둔하는 외계인들과 찰싹 달라붙어서 친한 척 했다. 얘네들도 그걸 눈치 챘는지, 이름도 불러주기시작한다. 내 이름은 서진인데, 외계이름은 앗싸라비아똥꾸빵서싸바디기돕라싸라비라똥빵뚜루샤야 라고 하니 당황스러워하더니, 어느새 이상한 외계어 지구 여행자로 금방 적응한다. 우리보다 더 빨리 터득하는 외계인들과 산내음을 풍기며, 올라서서 노래를 부른다. 내가 먼저 말했다. 너네가 먼저 노래를 불러보아. 노래대결 하자. 앗띠기돕라싸디기돕룰루쌍쌍땁흐기돕주아키카키솝앙숙자춥춤타추.

그 다음은 지구여행자인 내 차례였다.

무슨 노래를 부를까 고민 중이에요. 저도 외계어 노래를 부를 꺼에요.

놀랜 눈치였다. 쌍띠안루싸디콜람비아쑤짱롤루 니닝룰루랄라돕. 어느새, 외계인들이 경계심이 조금은 줄어든 느낌이었다.

담 여행지는 사막입니다. 저녁이 되면 아름다움이 넘쳐난 사막지로 갑시다. 마법사가 주문을 합니다. 아라비아의 사막지로 눈이 핑핑 돕니다.

나와 외계인들과 내려앉아 사막에서의 이야기가 저만치 더 가리킨다. 마법사와 외계인들과 반쯤은 외계인인 나까지 최고의 조합이 모여 외계어를 반복한다. 그리고 다같이 모였는 데, 그 사이 별에 쫓겼다. 휘둥그레졌다. 외계어를 써가며, 상상속의 환경이 퍼지고 있었다. 그곳은 낯선 첨 보는 별사탕에 들어왔다. 별사탕에서 별을 우리 쪽으로 발사하고 있었다. 사하라 사막을 지나 별사탕에서 갑자기 전쟁이 발발됐다. 외계인들은 고개를 숙여, 여행자인 나를 자기네들의 집안으로 숨겨 났다. 머리위로 별사탕이 마구마구 쏟아졌다. 여행자인 나는 별사탕이 위험한 발사장이 아니었다. 그래서 마구마구 먹어댔다. 끝없이 먹어대니, 몸은 거대하게 늘어나며, 외계인들과 비슷하게 변해갔다. 덕분에 전쟁에선 외계팀이 승리하고, 고맙다고 나를 데리고 외계인들의 세계에 들어가 버렸다. 나의 늦은 정체성이 바꿔버린 것이다. 외계인이 되어 죽지 않는 인간이 되어버렸다.

바람처럼 바람이 된다면

바람이었다. 바람이 머문다. 바람이 나로 머문다면, 바람처럼 여러 곳을 방황하고 있었다. 늘 발아하는 씨앗이었다. 내가 태어나기 전 과거의 나도 방랑자였을까? 자유롭게 누리며 다니고 싶은 것들이 많다. 나이를 제한적으로 보고 싶지는 않다. 나이가 들어도 젊게 살면, 충분히 젊게 산다. 나이 때문이라는 것은 항상 변명이다. 변명 없는 자신에게 부끄럽지 않는 내가 되고 싶다.

내 자신에게 당당한 내 자신이 되고 싶다는 것이다. 그래서 난 바람이 되기를 꿈꾼다.

바람의 도착지는 없지만, 바람의 중간지는 있다. 중간지점에서 쉬다가 간다. 그 중간 종착지에서 너희에게 찾아가보도록 한다. 마음을 주는 게 쉽지 않아졌다. 바람이 된다는 건, 모든 것을 수용적인 것으로 받아들인다는 것이다. 고로 난 여전히 바람 안의 바람에서 바람으로 살아가고 있다. 여전히 바람이 되었다. 바람처럼 거친 공기, 부서지는 공기의 움직임처럼 주변이 모르게 공기처럼 편안한 사람이 되고 싶다. 나랑 같이 있으면, 쉬어가는 공간처럼 느껴지도록… 그래서 바람이 좋다. 알게 모르게, 지나 가버리는 바람이라. 힘들 때는 칼바람이 몰아치고 편할 때는 다른 바람이 앞질러가고 노력할 때는 무거운 바람이 앞을 막고 기쁠 때는 높이 바람이 불더라도… 바람 한 점, 친구로 삼고 바람이 되어진다. 그 바람은 내 피부처럼 삶에 고단함을 느끼게 했다. 바람은 피부 안에 세차게 들어왔던 것이었다. 바람을 타고, 내 안에 멈췄다. 난 바람과 맞대었다. 쓰린 피부를 쓰라리게 했다. 바람의 도착지는 어디일까?

- 2021. 09.

찰나의 순간을 음미했어

온 세상 꽃들이 속절없이 폈어.
바람에 나는 그 속에 안겼어.
떨리는 나의 삶의 마디마디를 음미 했지.
먼지같은 기억들이 스멀스멀 바람이 되었지.
잠시 흐릿했어.
잠시 삶의 정류장에 앉아 쉬고 있는 나에게
바람이 대지를 휘저우며 지나갔다.
바람은 넉넉했어.
한 줄의 글에 마침표를 찍을 수 없을 만큼
그 바람은 내 속에 찼다.
멈추지 않는 바람은
나를 빠져 나아가는 바람은
내 마음을 낚아 흔들었다.

예쁨의 발견

사진의 여운, 그리고 미를 발견하는 것, 그것이 사진작가의 운명이지 않을까라고 잠시 생각에 잠들었다. 사진이 무색할 만큼 지나가버리는 시간 속의 그 모습, 기억 한 층은 한 장의 사진을 연상케 하였어. 마침, 그 사진 안으로 들어가듯이 말이다.

예쁨을 보는 것, 예쁨의 장면을 찾기 위해, 오늘도 발길을 옮겨본다. 그것은 그들의 숨쉬는 것과 같은 마치 같이 살아가는 동반자겠지라고 삼켜본다.

그들의 사진은 무지개 속 빛깔들을 쏟아난다. 그 여파는 오래 머무른다. 나의 뇌 속 한 장면으로… 그러한 것들이 작가를 하는 이유라고 할 수 있을지 모른다. 언제까지나 작가의 생명은 계속된다. 그들의 생명이 다할 때까지. 그들이 살아가는 것 같이… 그들이 살아가는 이유가 될지도 모르겠다. 잠깐 끄적여본다. 사진의 잔물결이 눈앞에서 흐르고 있다. 그 여파는 계속된다.

현실과 이상 그 사이에서 꿈꾸며

스멀스멀, 벚꽃이 살랑살랑 흩날릴 무렵, 파릇파릇한 나무가 자라난다. 이때야, 꽃밭이 붐빈다. 꽃인지 사람인지 헷갈린다. 꽃과 빙그레 짓는 미소가 꽃 같아 보였다. 꽃의 향을 맡고 관찰했다. 탐구하고 관찰하는 것을 자주한다.

관찰하고, 지켜보면, 쑥쑥 자라나는 온실 속 화초,

빛은 화초의 생명이다. 빛을 받고 자라나게 된다. 서서히 자라나는 화초들은 풍미를 남긴다. 화초들의 숨쉬는 소리, 화초들의 이야기에 귀를 쫑긋 가까이 대고 들어본다. 쌀쌀한 날씨에도, 차디찬 거세고 찬 맞바람을 맞으며 버티며 커가는 화초들은 강인했다. 화초 마냥 강인함을 내 안에 갖춰야했다. 강인해야 살아남을 수 있었다. 밀려오는 파도를 껴안고, 세상의 풍파에도 맞대어 부딪혔다. 이상일지도 모르는 꿈을 품으며, 현실과 이상 그 사이에서 꿈꾼다.

산이 숨 쉰다, 사람도

산행은 줄지어 이어졌다. 새로운 만남은 설렘을 만든다. 매번 가는 길이지만 새로운 사람들과 걷는 길은 새로운 길이다. 걷는 것 자체에 다시 한 번 기뻤다. 발이 땅에 닿고, 서는 순간, 산이 숨쉬는 것이 느껴졌다. 산과 교류하는 순간이었다. 산이 나에게 말했다.
"네가 숨 쉬면, 나도 숨 쉬어."

오늘 산행한 곳은 오솔길들이 많은 바다를 품고 있었다. 정상에서는 바다와 산이 나를 기다리고 있었다. "함께"라는 것에 큰 가치가 있다고 생각한다. 혼자에서 두 명으로, 두 명은 세 명으로, 세

명은 여러 명으로 함께라는 틀로 확장되었다. 그 틀 안에서 우리들은 공존하며, 만남과 갈등이 이어진다. 한 명보단, 두 명이 함께 하는 게 더 신난다. 큰 차이가 나지는 않지만, 체감으로 느끼는 점은 확실히 다르다. 산과 인간, 두 존재가 서로 편하게 숨쉬는 공간이 되면 좋겠다. 산도 자신의 집이 포근하고 편안한 휴식공간으로 사람들도 편안히 오갈 수 있는 그런 공간, 겨울이라는 혹독한 계절이 산에서는 더욱 체감할 수 있었다. 쌀쌀한 온기에 산도 적응하는 중인 것 같았다. 산에서는 조용한 소리지만 귀를 쫑긋 집중해서 듣다보면 아주 작지만 들리는 소리가 있다. 새소리, 풀내음소리, 바람소리, 나무내음, 숲내음이 나무 사이사이로 오고 간다. 이것이 산이 사람에게 주는 휴식처일수도…

산이 숨 쉰다. 사람도……

나는 더 자유로움에서 깨어날 것이다

용감함, 이 단어는 내가 좋아하는 언어다. 생각을 행동으로 옮기는 자는 용감하다. 생각에서 그치고 말때가 많은데 말이다. 그걸 행동하기까지 고민과 두려움이 컸을 텐데 그걸 이겨냈다는 게 멋있다. 자신의 임계치에 도달했을때, 여기까지라고 판단하지 않고 임계점을 뛰어넘는 자, 그리고 자신의 한계를 넓히는 자가 멋있는 사람같다. 무식한 자가 용감하다는 말이 있다. 나는 일을 질러놓고 해결하는 습관이 있는데, 이런 습관은 행동하게 하게 해주었다. 처음부터, 끝까지 하나하나 점검하고 생각해서 행동하면 잦은 실수도 줄어들고 좋지만 행동범위가 줄어들 수도 있다. 행동의 자유를 누리는 것은 행복의 가치를 높여 준다. 자유는 자신의 수동적인 행동에서 나오는 것이 아닌 자유로운 행위이다. 그래서 자유로운 자는 표현을 예술적으로 잘 표현한다. 자유로운 자각을 표현한 모습이 그려졌다. 행동의 자유는 행복의 척도를 나타낸다. 자유는 행복감과 크게 연관성이 있고, 자유로운 삶은 보편적인 행복감을 느낀다. '자유'는 누구에게나 주어진다. '자유'를 누리는 태도, 느끼는 태도는 다르다. 다른 환경에 처해있지만…

자유를 느끼는 사람도 있는 반면, '나는 자유롭지 못한 사람이라고' 부정하는 사람도 있다는 것이다. 나는 꼭 환경적인 면에서만 자유로워야 자유로운 사람이라고 생각하진 않는다. 공간적으로 자유롭지 못하더라도 생각의 자율성, 생각의 자유성을 잘 가지고 노는 이가 있다. 자신을 자유롭게 행동해 놓기도 하고 통제가 필요한 순간에는 자신을 잘 통제한다. 자신을 잘 가지고 노는 것이다. 이런 자들을 유심히 들여다 보았을 때 한가지 특징이 있었다. 무엇보다 자신을 잘 알고 있었고 자신의 긍정적인 생각과 부정적인 생각을 다스릴 수 있었다.

나의 새로운 사실 또한 두 가지를 알 수 있었다. 이렇게 유심히 들여다보는 것을 좋아했고, 무언가를 관찰하고 연구하는 것을 좋아했다. 관찰하여 그것의 특징을 글로 표현하는 것을 좋아하는 면이 있었다. 자신의 생각을 확보하고 다스리면, 비로소 자신을 만들어가는 게 보일 것이다.

오늘의 주제는 '용감'에 관해 쓸려고 했는데 글을 쓰다보니 자유에 관해 쓰게 되었다. 자유로움을 자유롭게 느끼고 다스리는 자는 용감하다. 급히 빠르게 고속으로 지나가는 시간에 사람들이 자주 하는 말이 있다. '바빠, 바쁘다'라는 말. 아무리 바쁜 사람이라도 하루에 10분은 투자할 수 있고 시간을 낼 수 있다.

이렇게 바삐 흘러가는 날들에 자유를 여유롭게 누리는 자에게 용감하다고 말해주고 싶다. 예술 중에서도 나는 자유예술을 좋아한다. 보편적 형식의 예술보단 자율적인 예술이 좋다. 자유에 관해 글을 쓰며 더 나다운 자유로움을 누리며 살기로 했다. 자유롭게 살기로 마음 먹었다. 누가 뒤쫓아오는 사람도 없다. 자유롭게 살지만 하나 지킬 점은 있다. 집중해야만 할 때는 집중하고 그 순간에는 그것에만 온통 정신을 집중하는 것. 사람이 보다 자유로워지고 여유로워지면, 더욱 프레임이 간결하게 구성되어 보일 것이다. 나는 더 자유로움에서 깨어날 것이다.

다시 사람으로

떠났다. 목이 말랐다. 목과 글도 함께 쓰고 싶었다. 끝도 없는 사막 앞에 사람이 상냥한 성냥개비마냥 작은 도토리였다. 눈앞엔 바다를 대신한 모래알이 펼쳐지고 있었다. 끝없는 모래알에 서슴없이 성냥개비가 되어 그 속에 파묻혔다.

사막의 모래는 인간의 생명이 배고플 때 먹어도 된다고 한다.

그런 사막 속에서도 돌이 자라났다. 그 사실이 놀라웠지만 모래알이 성냥개비로 작아져버린 난, 아무 것도 할 수 없었다. 수도 없이 작아져 사람의 눈으로는 구별까지 하기 어려워졌다. 모래에 끼여 숨을 고르게 내셨다 마셨다. 다시 사람으로 바뀌고 싶었다.

도대체 어떻게 해야만 되돌아갈 수 있을까요?라고 물었다. 그러자 '되이어 왜 다시 사람이 되고 싶은가?'라는 질문을 받았다.

사막을 걸어다니며

바닷가를 사막으로 대신하여 걸어다니는 방랑객들이 주위를 누비고 있었다. 사막의 밤은 별들이 가득했고 별들이 쌓여있었다. 걷다가 멈춰 텐트에 누웠다. 텐트에서 보는 별은 감촉이 느껴졌다. 사막에서 느끼는 별의 감촉은 부드러운 감촉이었다. 별들이 춤을 췄다. 텐트에서 나와 별들과 감촉을 느끼고 방랑춤을 추었다. 사막길은 끝과 끝을 찾을 수 없는 행간이다. 사막에서 난 길을 찾았다. 사막의 평지는 마르고, 말라있었다. 사막에선 물이 생명이었다. 사막에 난 물을 주었고 사막은 생명을 얻었다. 사막에서 난 노트북을 키고, 글을 한자씩 적어나갔다. 배고픔을 안았다. 사막의 도보행에서 결핍을 가졌다. 이 사막행의 끝은 어디일까 생각했다.

기억의 그림자에서 글을 쓰다

구비고 구빈 길을 건너 건너 강물이 흘러가고 있었다. 강물의 흐름에 따라 나도 같이 걸어갔다. 강물에선 몇몇 여인들이 빨랫감을 가져와 아이들과 빨래를 하고 있었다. 그런 나는 시원한 강물에 몸을 푹 담궈봤다. 태양이 쬐는 날이라 등에 땀이 흘러내리는 그런 날이었다. 강물은 신이 내린 선물과도 같았다. 허겁지겁 옷을 벗어놓고 물에 풍당 들어갔다. 발부터 머리 끝까지 담궈보았다. 어릴 적의 나의 모습과 지금의 모습이 같아서 어릴 적의 모습을 상상하게 했다. 가족끼리 모처럼 여름휴가를 오는 사람들, 아이들, 커플들, 친구들끼리 종종 옆에서 모여 있었다. 사람들끼리 모여 하하호호 웃는 순간들을 보며 잠시 나도 같이 노는 듯한 감정을 느꼈다. 나무들도 자작자작 서로 끼리끼리 모여 여름휴가를 떠났다. 시를 자작하며 위로 올라갔다. 이 여행의 끝은 또 다른 글의 시작의 시작이었다. 강물에 난 그림자를 비추며 떠났다. 기억의 그림자에서 글을 쓰다. 구비고 구빈 길에서…

나의 글은 아직 작은 씨앗이었다

끝없이 내리는 봄날에 어울리는 옷을 걸쳐 입었다. '봄이 왔어요' 라는 걸 말하는 것 마냥 옷이 말해줬다. 봄나비도 솔솔 바람을 풍 긴다. 나비도 내 쪽으로 방향을 돌렸다.

봄이란 계절이 멈추기라도 하듯, 봄봄이 노래를 불러준다. 사촌동 생이름이 '이봄'이다. 반대로 하면 봄이, 원래로 하면 이봄이다. 그 래서인지 사계절에 봄이 돌아오면 마음이 풋풋한 사과를 앙 깨무 는 듯한 느낌이 들어버린다.

풋풋함과 청량함이 들어간 글은 어떻게 변화될까 봄의 씨앗을 심

었습니다. 수없이 심어둔 씨앗은 어떻게 발화되어버릴까요.

나의 글은 아직 작은 씨앗이었다고 마냥 봄날에 피어오르고 있는 꽃처럼 그것이 피고 피어 글의 꽃말을 상상속의 한 점을 만든다.

꽃말이 환하게 숙성될때까지, 나의 글은 꽃날을 입어본다. 꽃이 한 결, 두 결, 세 결씩 결이 바껴갈 때 더 온전해진다. 그러면 완전한 글임을 써내려간다. 생성되지 않은 꽃이 피고 지고, 되리 피고 지고를 반복하는 과정과 글쓰기의 끓는 과정은 동일하다고 할 수 있다. 제자리에서 묵묵히 제자리걸음을 해도, 글을 쓰는 자체에 의미를 둔다. 누구는 아니라고 하지만, 그냥 그 자체가 좋으니깐 말이다. 완전함을 가질 수 없더라도, 그 글 자체이다. 그 글은 자체가 나를 나타내니깐…

바람은 여행중이었다

비눗방울을 읊조렸다. 비눗방울이 떠올랐어. 방울방울 머릿속으로 퍼졌다. 그럼 쓰기 시작해. 여름바다가 지나가고, 쌀쌀해지기 시작했어. 그런 날, 추억을 떠올리며 별을 만나러 사막으로 한발 뚝 밀어냈어. 눈을 부비며 떴는데 사막이 나타났어. 그런 사막의 조각상들이 부풀었다. 저녁에 만나는 은하수는 울어도, 어둠속에 하얀 배경이 떠올려졌다. 비눗방울은 동심을 떠올리게 한다. 그런 어릴적 기억을 떠올리며, 사막 사이로 모래알과 비눗방울이 감미로웠다. 그냥 그저그런 비눗방울이 나를 새하얗게 만들었다.

여행중이었을 때는 나는 바람이 된다. 바람은 여행중이었다. 그 바람이 나였고, 지구의 바람 여행자였다.

말은 카멜레온이다

말의 속성은 여러 속살을 가진다. 여러 속성이 있다. 그런 말로 인해 나는 폭삭 시들었다. 마음도 폭삭 시들어만 간다. 말은 죽지 않는다.

계속해서 살아난다. 상처의 말이 씨앗이 되어 그 같은 말이 상처를 뒤덮는다. 말은 사람을 들어낸다. 우아한 사람의 말은 누군가를 상처 받게 하는 말은 꺼내지 않는다.

한번 입에서 나온 말은 죽지 않는다. 없앨 수도 없다. 실체로 드러나지 않고, 오직 머리에만 떠다닌다. 본인은 부정하겠지만, 그것이 사라진다는것은 있을 수 없는 일이다. 당사자 이외의 사람은 별거 아닌 듯 취급한다.

그렇지만, 실상 당사자는 그 기억을 잊을 수가 없어한다. 말이 많은 사람들이 그런 실수를 하기에 좋은 환경이다. 말이 많으면, 생각하지 않고 툭 뱉어낸 말이, 상대에게 상처로 박힐지 모른다.

그래서 말이 많은 나도 요즘은 말은 한 수 더 줄여야겠다고 마음먹는다. 말을 줄이면 상대의 말을 더 경청하게 되고, 상대에게 더 배우게 된다. 오히려 많이 말을 하는 것보다 적게 하는것이 말에게는 좋은 인상을 받게 한다.

며칠 전에 너무 충격적인 말에, 그 한마디가 내 뇌에 각인되었다. 나는 그럴 의도가 없었지만, 머리에 각인이 되어 버렸다. 타인 또한 그 이야기를 들으면, 상처는 똑같을 것이다.

화가 나면 화를 주체하지 못하여, 상대가 받을 상처는 외면한 채 그런다. 지나보면 자신이 한 말이 얼마나 상처가 되었을까? 지나칠 수도 있고, 후회하기도 하겠다. 말은 카멜레온이다. 상황에 따라, 비극적이게 들리고, 다를 때는 환상의 카멜레온으로 보여지기 때문이다.

한번 들은 비극적이 말이 누군가에겐 비극으로 가버릴수도 있다. 말하기전에 딱 한번만, 더 생각하고 말하자. 한번만 더 말하는것이 최악의 말을 면할 수 있다. 말에서 그사람의 내공이 보인다. 삶의 내공, 무게도 표면적으로 들린다. 실질적으로 보이지 않지만, 대략적으론 보이는 게 말이다.

마법의 신발 두 켤레

비가 스물스물 뿌려오는 한날, 폭포를 향해 지나갔다. 인사를 건네며, 오늘은 비탈길로 폭포등산을 하기로 했다. 그런데 문제가 생겼다. 내 신발이 270cm, 잘못 들고와도 너무 잘못 들고 왔다. 정말 다행이게도, 강은지 언니가 마법의 신발 운동화 두짝을 내밀었다.

마치, 내 신발이기라도 하듯 사이즈까지 딱이었다. 덕분에 한발짝 뛰어놀았다. 마법의 신발의 역할이 시작된 것이다. 비탈길과 계곡이 선을 맞추듯 줄줄이 이어졌다. 5명의 멤버가 체력이 좋아 따라가기가 어려웠지만 마법의 신발 덕에 뒤쳐지지 않을 수 있었다. 하드프리보단 릿지를 더 좋아하고, 평길보단 비탈길을 더 선호하는 나는 오늘 놀이터에 재방문해 기분은 둥둥 떠다녔다. 중간 중간 안전을 위해 부대장님과 회장님이 앞뒤에서 지킴이 역할을 해주셔서 폭포를 만끽해 볼 수 있었다. 마치 지나가고 있는 여름들 속에 들어가 여름이 느껴졌다. 한여름의 계절이란 게 온몸으로 더 느껴졌다. 나를 향해 쏟아지는 햇빛의 조명에 쓰라렸다. 잠시 잠깐만, 시간을 멈췄다. 지금의 공간과 시간이 역주행으로 뒤흔들렸다. 공간과 시간의 바깥으로 나왔다. 그 밖에서 마법의 신발을 수리했다. 폭포를 올라간다. 하강기와 주마 등강기를 챙겨들었다. 폭포는 이끼들이 이빨을 내밀고 있었다. 이끼들이 신발을 맛보려 잡으려 이빨을 내밀어댔다. 미끄러운 폭포에 몸을 맞대어 오르고 올랐다. 위에서 내다보는 풍경은 더 나의 기분을 흔들어댔다. 이젠, 하강이다. 대장님이 먼저 하강을 하고 그 다음 합동하강을 하였다. 폭포의 물기가 내 동공으로 퐁당 들어왔다. 눈을 부비며 하강한다. 전부 하강이 끝났다. 혹시나 안 들고 온 게 있는지 앞뒤 내밀었다. 그리고 은지 언니가 기다리고 있는 전망대로 향했다.

내려가는데, 우수수 내려오던 비는 이상하게도 깔끔하게 그쳤다. 흑룡폭포에서 하산한다. 한여름의 빗줄기의 기운을 깨운하게 받고, 터벅터벅 내려왔다. 햇살이 내려 쏟아지는 햇살에게 마법의 신발 두 켤레를 주고 햇살을 맞았다. 폭포와 계곡을 타며 지인이 쓴 글 한 줄이 생각났다. 고여 있는 것보단 흐르는 것이 낫다는 것. 현재 독자의 라이프는 고여 있는가요? 흐르고 있는가요?

냉동인간

한줄의 글로 농축되어 지다. 그 농도는 깊이를 가졌음을 나타내고 있을까. 언어의 농도란 말이 머리에 잠겼다. 언어의 농도가 비슷했다면, 언어의 온도가 비슷했다면 어떠했을까? 냉동인간이 언어의 온도에 따라 냉동에서 냉장실로 갔을까? 감정에 냉철하고, 냉정한 사람들은 언어의 감정은 몇도일까? 어떻게 사람을 대할까? 냉동인간이라고 불렸었다. 도리어 지금은 정반대이지만 냉동에서 곧바로 나온 것만큼 차가웠다는 이야기다. 언어의 농도는 사람과 사람의 체온이 농도를 올려주는 것일까? 여전히 난 차가운 인간이었을까? 혹은 정반대로 되었을까? 내가 본 새로운 나는 하나가 아니었다. 여러 명이었다. 여전히 정체성을 찾는다.

바다와 작별하다

청량한 바다 속, 들여다보면 속이 뻥 뚫려만 간다. 쓸쓸함을 떠나
보내고 싶을 때, 바다로 달려갔다. 바다는 어디에 있습니까? 늘 물
었다. 저는 누구입니까? 흐무적 흐무적 흐르는 바닷바람에 심취
했다. 떠나는 음율의 바닷소리는 내 귀를 쫑긋 세웠다. 어떤 바
다의 시간속의 향기에 들여다보고 싶으세요? 바다 선생님이 말
을 걸었다. 예전의 때로요. 그때의 느낌, 소리, 파도를 다시끔 느
껴보고 싶었다. 오늘 마침 할머니께서 돌아가셨다. 분명 어버이
날 때 나랑 같이 쇠고기를 먹고 바다에서 노를 저었다. 종종 같
이 저녁을 먹고 머리를 식힐겸 미인바람을 만나러 가는 길에 할
머니는 나랑 손을 꼬옥 잡았었다. 그런 기억이 오늘 또 한번 시
들었다. 바다 속, 말라버렸다. 자주 농담을 하던 사이였고, 인정
이 많은 사람이었지만, 난 그런 할머니를 친구로 생각했었다. 속
이야기를 들여주던 사람이었기 때문이었다. 그런 할머니가 바
다속으로 가라앉아 버렸다. 온통 내 마음은 뿌옇게 되었지만 할
머니와 작별을 해야만 했다. 나는 할머니와 바다 둘 다 좋아한
다. 늘 할머니들과 작별을 할 때 바다에 간다. 바다와는 작별을 하
지 않을 수 있었다. 바다선생님, 할머니를 보고 싶어요.
할머니의 체온은 식어갔다. 나도 훗날에는 지금 할머니의 온도처
럼 단단해져만 갈 거에요.
내가 글을 처음 쓸 때도, 옆엔 그가 있었고, 끝까지 옆에 있었다.

부모님은 늘 내 글을 읽고, 잘 이해가 안 된다고 그랬었다. 할머니 만큼은 나에게 글을 계속 쓰라고 말했었다.

그와 입담을 풍긴 나의 바다의 감정은 무뎌졌다. 어깨 너머 그때의 시간의 초첨을 각인시켰고 그때의 바다에서 머물러야 했다.

오늘 나의 바다 할머니는 돌아가셨다.

시간은 거꾸로 간다

시간이 초단위로 지나가지만 피부로 느껴진다. 나타나지 않고 보이지 않는 시간이지만 일 초, 일 분, 한 시간 단위로 시간이 나눠진다. 시간시간 마다의 주름이 피부에 기록된다.

그러한 시간의 주름이 만들어진다. 보여지진 않지만, 심장은 덜컹거린다. 1년, 3년, 5년, 시간과 허물없이 지내다보면 시간은 하염없이 간다. 지나가는 시간을 어떻게 써야만 과연 잘 썼다고 할 수 있을까?

말라버린 시간을 묻어놓았다.

그때의 기억을 말라버린 마음이라 지칭할 수 있을까? 혼자있는 걸 중요하게 생각하였지만, 또 혼자 있으면 소외감을 느끼는 게 사람일까? 같이 있으면 좋고 혼자 있으면 쓸쓸해 진다. 하지만 난 알싸한 초콜릿 같은 고독을 즐긴다.

이 글에서 시간이란 단어를 많이 담았다. 시간시간마다의 기억이 전폭적으로 폭삭 깨어났기 때문이다. 잃어버린 인연이나 시간들이 나에게 깨어났다.

인연이 후회로 남기도 하지만 어쩌면 그때 정리를 한 게 잘 했다는 생각으로 들기도 한다. 그런 기억이 상기되었지만 기억속의 무덤으로 덮어져만 갔다. 과거의 선택이나 행동을 후회한 적도 있었다. 물에 퐁당 빠진 생쥐가 된 것처럼 난 얼굴이 빨갛게 되었다. 하지만 과거는 과거이다.

현재와 미래가 더 중요하다. 소중한 시간을 마음이 가는대로 따라갈 예정이다. 마음만큼 정확한 선택은 없기 때문이다. 시간은 거짓말 하지 않는다. 그런 추억을 1분 1초 간직한다. 뜬금 없지만, '윤미래의 떠나지 마'라는 노래를 좋아한다.

'떠나지 마'란 말을 가슴속에 품고 있지만, 시간은 거꾸로 지나가지 않는다. 지나가는 새를 손으로 품지 못하는 것처럼, 시간은 명확하다. 그런 시간들속에서 나는 시간 속에서 깨어났다. 이건 꿈이었기 때문이다. 꿈속에서 주름에 나의 글을 새겼다.

인형들의 합창 - 술래잡기

기분이 난해했다.

복잡미묘한 감정이 인형의 세계로 이끌었다.

인형의 세계에 들어갔다.

인형들이 먼저 말을 걸었다.

속닥속닥, 사람들이 자고 있어. 우리 몰래 나갔다 오자

인형들이 동참했다

그들의 술래잡기는 시작된 것이다

나도 모르게 말이 나왔다

나도, 나도, 끼워줘. 그럼 내가 술래할께

들키면, 간지럽힐꺼야 알겠지?

인형들이 순식간에 사라졌다. 아주 순식간에,

어찌나 잘 숨던지 찾을수가 없었다.

그 이후로 인형들을 만날 수가 없었다.

그 아쉬움은 언어로 담기에 버겁다.

오늘은 어떤 바람을 만날까?

늦바람을 밀어내며 뜨거운 벽에다 몸을 붙이며 올라가다 손을 털어 넣어. 향기에 씰룩 입술이 저절로 올라가. 바람의 풍미를 느껴 보아. 자잘한 바람결은 머릿결에 나르는 것과 유사할까. 바람도 미인 바람이 있어. 과연 떠한 바람을 미인이라고 지칭할 수 있을까. 언제 만날지 모르는 미인 바람과 사뭇 공기를 숨쉬며 요상한 만남을 기대해봐. 산뜻함을 바람에게 맡겨. 산뜻한 바람이 따라와. 그다음은 어떻게 써 나가지?

삶에 대한 농담

주제 : 삶을 대하는 태도

은근슬쩍 살갗만 닿았어. 그게 무엇일까. 나 혼자 설레여 누구에게도 들키지 않으려 티내지 않지만, 겉으론 티가 나겠지. 나에게 톡톡, 건드려. 살갗이 닿아. 나와 다르게도 나의 생각과는 다르게 눈이 가. 찰나의 순간에 눈이 마주쳐. 그렇고 그래. 그렇게 농담을 삼아 걸었어.

지나가는 순간들을 생각해. 눈 앞에 깜짝 한순간에 사라졌어. 찰랑거리는 나, 그 순간을 기록해. 기록하다, 끄적여봤어.

누구는 빨간색이 좋다고 말해. 누구는 흰색이 좋다고 해. 난 파랑색이 좋다고. 파랑색이 되면 누구든 껴안아줄 수 있을 것 같은 색이거든. 그득히, 그냥 안아줬으면 좋겠어. 아무 말 없이. 모든 걸 껴안고 눈을 잠시 감아봐. 동화같은 삶을 꿈꿨어.

나를 그대로 사랑하고 싶다

삶에 있어 유연하게 사는것에 대한 의문이 머리속을 스쳐지나갔다. 유연한 사고를 가지는 것이 필요한 것임을 알고 있었다. 기분이 안 좋아서 자신의 심적 내면에게 미치는 것이 크다는 것을… 융통성이 없다는 소리를 많이 들었다… 내심 유연한 사고 방식을 가지고 싶었으나, 넌 왜 이렇게 융통성이 없니? 라는 말을 들었었다.

상대방이 내게 말하는 말투, 말로 나는 영향을 많이 받은 것 같았다. 그로 인해 기분이 달라졌다… 점차 지나며 별로 안좋은 말로 내 기분에 까지 영향을 받지 않아도 된다는 것이었다… 그 말로 인해 내 기분까지 나빠지고 싶지 않았다. 그 감정을 오래 가지고 있고 싶지도 않았다…

감정선을 떠나는 연습을 했다. 감정선을 떠나서 다른곳으로 떠났다. 난 관찰자의 입장이 되어, 이상적인 선으로 떠났다…

그곳엔 음의 선율이 흐르고 있었다… 음의 선율에 몸을 마껴 난 바람이 되었다…

어떠한 사람이 되어 삶을 살아가고 싶은지에 물어보게 된다면, 한 줄로 말하고 싶었다.

한 점 바람으로 떠나는 사람이 되고 싶다. 아주 되도록이면, 살랑살랑 흐르는 물이 되어 흐르고 싶다.

글에 몸을 맡기어 춤을 추며…

삶을 그대로 유연하게 녹아내고 싶다. 나의 본연의 것을 그대로 사랑하고 싶다.

50 사막에서 나를 외치다

이별에 대하여

고했다, 이별이라는 단어를, 이별에 대하여 고한다. 이별은 자연스럽게 지나가는 물과 같은 것일 수도 있다. 이별에는 여러가지 종류가 섞여있다. 이별은 자신에게 다가오며 지나가는 바람과도 같다. 스스럼 없이 지나가는 바람이라면 얼마나 좋을까 한다. 눈물을 머금고 이별을 맞이하라. 지나면 또 다른 인연이 찾아온다. 서러움이 불고 불어 여인은 또 다른 길을 맞이한다. 삶에 있어 새로움 그리고 이별은 연속에 연속이다. 인연과의 이별, 사람과의 이별 등 이별은 이어지고 또 맞이하는 소품도 같다. 나이를 먹으며 사람들은 이별에 감흥이 점차 더뎌지기 시작한다. 난 이별을 맞이하는 법도 터득해 가기 시작한 것만 같다. 잡으려고 하면 잡을수록 도망가는 것이 이별이라는 것이라고 말이다. 무뎌지는 감정도 붙잡지 않게 되었다. 체념하게 되었다는 소리일지도 모르겠다. 여운이 남았지만, 제빨리 회복해야 했었다. 살아가기 위해서라면… 그 감정에 매몰되어 있을 수 만은 없었다. 쓰라린 내 마음의 감정을 숨겨야만 했다. 겹겹이 쌓인 마음 한 면을 모른 체 했어야 했다. 시간이 지난 지금 어느새 이별이란 것과 다시 맞이했다. 길고 긴 기차에 앉아 긴 여행과 마주하다보면 많고 많은 사람들을 지나치게 된다. 지나가다 마주친 사람이 본인의 연인이 될지는 알 수 없는 것이다. 어찌 어찌 될지 모르는 삶의 기차에서 나는 즐기기로 했다. 이별 또한 고통이라고 말하기도 한다. 혹은 이별은 한 교

훈으로 맞을 수도 있는 것이다. 어떻게 받아들이는가에 관한 각자 다른 관점 그리고 각도로 보이는 것. 난 이에 따라 정의하기로 내렸다. 불명확한 확신을 가지고 서로가 인연이 되기도 한다. 인연이 되는 시작점보다, 끝을 마무리 하는 게 더 중요한 시점이다. 만남과 이별에 관하여 급변하는 삶에서 기변으로 살아가고 있었다. 재빠른 제스처, 재빠른 해결만이 살아남기위한 방안이었던 것이다. 똑같이 돌아가는 하루하루가 지루했지만 매일 다른 글과 시는 삶의 방랑이었다. 시는 나의 향수처럼 늘 옆에서 향이 났다. 난 그 향에 스며들었으며, 스며들기 위해 매일 시를 쓰고 썼다. 이별을 글에 비유하자면 우린 글과도 이별과 만남을 가진다는 것이다. 이별은 한순간에 일어나는 것 마냥 생각지도 않은 채 일어나는 것이다. 오늘도 난 할머니와 이별을 맞이했다.

하늘 아래, 그 위로 나를 불렀다

유난히 감칠맛 나는 하늘이 구름을 타고 떠나다닌다. 동행해야겠다. 만끽하겠다. 색깔조차 맛깔스러운 하늘색이 눈에서 온통 사라지지 않는다. 하늘과 땅의 오묘한 매력이 있었다. 그 중간에 나는 중간에서 어떤 사람입니까? 어떤 사람이 되어야합니까? 하늘 아래 그 위로 나를 불렀다. 떠나자 구름빵이 되어 하늘에 붙었다. 구름빵을 만들어 가고 싶었는데 어느 순간 하늘과 한 몸이 되어 날라다니고 있었다. 그런 삶을 꿈꾸고 있었으려나. 계속해서 그 이미지가 겹치고 있었다. 눈에서 사방사방 사라지지 않은 것처럼.

구슬비가 밤새 내리는 봄날에

꽃들이 서로 허물며 입술을 오물거렸다.

내 입도 우물쭈물 우물쭈물, 꽃들과 눈이 마주쳤다.

봄날인 걸 알릴려는듯 꽃들이 봄날의 새싹을 돋아냈다.

보슬비는 꽃들과 식물이 좋아하는 비이다.

꽃봉오리가 새싹을 뚫고 나올려고 하는 때,

길쭉길쭉 자라나는 초원,

봄은 잠들어있던 글쓰기 감각을 깨워준다.

주르륵 주륵 가늘어지는 빗줄기를 따라 따라 봄길을 건넌다.

화창한 봄날에 어울리는 노래를 틀고

들썩들썩 어깨는 춤을 부른다.

툭툭, 툭툭… 이 글을 건네본다.

연해주의 사람들

연해주의 블라디보스토크는 맑고 날씨가 화창했다.

공기가 맑았다. 시원한 바람에 그늘이 따라왔으려니 그러려니 했다. 연해주의 정은 한국에서 느끼는 정과 다를 줄 알았는데, 연해주의 정은 한국과 비례했다. 느끼기에 그렇게 느껴졌다. 그리고 러시아어가 잘 되지 않아 힘든 일들이 있었지만 도움의 손길을 받았다. 고맙게도… 고맙다는 말 한마디로는 그 고마움을 전할 수 있을까. 시원섭섭한 기분이 바람에 날려온다. 어젠 내 생일이었다. 같은 반 분께서 내가 가신다고, 돈까스랑 떡볶이랑 생일잔치처럼 꾸려주셨다. 사실 생일인 건 말하지 않았지만, 고마움을 달빛에 몸을 실어 춤을 추었다. 언제나 나그네처럼 어김없이 걸었다. 날렵한 달빛에 따라갔다. 달빛에 젖어 글을 실어 나른다. 짐을 실어 날라 거리를 떠나는 나그네는 방랑자네. 곧 한국은 봄길이 온다. 러시아에도 봄이 내려온다. 봄을 따라 나그네는 방랑자가 되어본다. 봄날의 새싹처럼 입술을 오물거렸다.

나는 방랑자

달빛에 몸을 실어 춤을 추네.
달빛에 젖어 글을 실어 나르네.
나그네는 오늘도 어김없이 걷네.
달빛을 따라 가네.
짐을 실어 날라 거리를
떠나는 나그네는 방랑자네.

달빛의 흐름에 따라 우물쩍 우물쩍 따라가다 떠난다.
떠난 방랑자는 훌쩍 안개 위에서 슬렁거리며
나의 방랑은 계속된다.

그곳이 어디든 방랑자는 떠다닌다.

바다와 한몸이 되어 뛰어놀았다

휘몰아치는 파도에 놀라 우물쭈물거리는 나, 그 타이밍을 맞춰 카메라 셔터를 연속으로 눌렀다. 작가님은 정해진 사진의 정답지를 보여주지는 않았다. 그저 물방울치며 놀아 달라고만 했다. 작가의 모델이 되었다는 생각보단 작가의 객석이 되었다고 생각하고, 작가의 모션에 흠칫흠칫 눈돌림을 했다. 그날 따라, 날씨가 말썽을 부렸다. 날씨가 요즘은 사춘기 시기인 것 같다. 날씨가 일기예보에 맞은 적은 잘 없었다.

작가님과 나를 따라 구름빵과 안개가 겹쳐왔다. 외부촬영은 날씨 영향을 많이 받아서 비가 안오길 간절함이 더해졌다. 날씨가 밝은 날씨는 아니였지만, 비는 눈을 감고 있어서, 기분은 한층 밝아졌다. 내 별명이 물개로 수영을 하면 바다에서 잘 안보인다고 지어진 별명이다. 물속에서 물안경을 들고 가지 않은 것을 제일 후회하고 있었다. 물안경이 있으면, 물속 안에서 바닷속의 이야기를 더 맛깔나게 쓸 수 있었을 텐데, 아쉬움을 사진이 잔뜩 가지고 있었다. 덤벙덤벙 첨벙첨벙 물에 빠져 개헤엄을 치며 얼굴만 힐끔 내미는 그때 밖에서 몇몇 사람들이 힐끔힐끔 쳐다보는 것이었다. 속마음은 사실 좀 부끄러워서 쥐구멍에 숨어있고 싶었지만 아니다 다를까 하나도 안부끄러운척 당당하게 포즈를 취해봤다. 다 티가 났을텐데 말이다. 파도가 주름을 묻은 채로, 첨벙 첨벙 다가왔다. 살짝, 따갑긴 했지만, 파도의 움찔거림이 반가우면서 잔물결의 목소리를 힐끔 들었다. 파도의 소리는 들으면 들을수록, 신기함의 연속이었다. 파도의 리듬에 두둔, 디딘, 두둔둔, 혼자 무슨 소리를 내는지 알지도 못한 채, 파도에 맞춰 나도 리듬에 소금물을 살짝 먹었다. 코가 찡했고 그렇지만 살짝 웃어주었다. 난 파도를 좋아하고 수영도 좋아한다. 바다도 좋아한다. 그리고 사진을 찍히는 것도 좋아한다. 전부 같이 할 수 있어서 더 신이 났다.

바다 위의 한장면에 바다와 한몸이 되어 뛰어놀았다라는 제목을 지어주고 싶었다. 또한 글을 쓰며, 나의 시선으로부터 벗어나야겠다라는 생각이 강하게 들었다.

글에 꽃물이 들여진다

싱그러움이 한껏 온 세상에 사방사방 물들어가는 시절, 지금이 그 시절이라고 해도 무방하다. 꽃들이 속절없이 피고지고 나무가 온 세상을 밝힌 그때, 봄과 여름의 사이에서 푸릇푸릇한 이팝나무, 소나무, 대나무, 석류나무에서 눈이 핀다. 눈 잎처럼 나무에서 떨어지는 나무에 눈이 간다. 시원 푸릇 맘껏 누리는 봄의 잔치, 여름이 오려나보다. 푸릇푸릇한 나뭇잎이 여름을 알린다. 온동네 잔치에 소문이 난 여름을 알리는 것이다.

싱그러움이 묻은 연두꽃을 찾아나섰다.
발등이 가벼워져 아장 아장,
새순이 자라난다.
싱그러운 봄날앞에서 글에 꽃물이 들여진다.

눈송이송이 송알송알

첨벙첨벙 수북수북 떨어지니
내 맘 송알송알 설렘을 안고
산을 오르고 오르다

산이 내 맘을 횟바람으로 휘감아가려도 모를런지
눈에 고이고이 산을 안아보려지
그러했을런지
산에서 고이 잠들었을런지
바람에 사뭇 속삭인다

눈이 내 앞에서 춤을 추고 있었다

사스라지는 눈이 온통 내 눈 앞에서 춤을 추고 있었다. 사방사방 전치로 사그라드는 중이었지만 내 눈은 온통 여행중이었다.

내가 가는 길에 한땀 한땀 수를 놓았다. 한땀 한땀 수를 놓은 것처럼 읊조렸다.

'내가 가는 길이 순탄할지는 않더라도 내가 가는 길이 길이다'라고 하는 속삭임.

한 자, 한 자를 적으며. 창작의 날개를 달아본다. 날개가 날아가기를 바라면서 글의 농도는 깊어만 간다.

소나무를 벗 삼아 소나무에 글을 실었다. 소나무 바람이 강하게 힘껏 불었다. 나도 힘차게 불어오는 바람을 맞으며 글을 노래한다.

창작의 배고픔을 달래고자…
걷다가 문득 적어낸다.

단풍에게

생기 가득 발랄한 소녀가
산길을 따라 내리네
길을 따라 따라 단풍이 내려오네
산길에 마주친 인연은 흘러내려
강물에 가니리
소녀가 강물에 발을 담구네
산길에 네 님은 연화하니리
산길에 네 님을 감상하네
네 님은 꽃을 피우기 위해 저만치 가니리

감사함으로써

늘 매사에 감사하다. 내가 편하게 숨쉴 수 있는 것에… 쉬어 갈 수 있는 것에 관해… 내 곁에 함께하는 사람들에 대해서…

밥을 먹을 수 있는 것. 온기를 나눌 수 있는 것. 온도를 나눠 줄 수 있는 것. 마음을 나눌 수 있는 것. 이야기를 들어 줄 수 있는 것에 대해 감사하다. 살아가는 것은 내가 살아 가는 데에 있어 또 한번 생각하고 갈 수 있는 시간이다. 감사함으로써 당연한 것으로 되지 않는다. 당연하다고 여기는 순간, 흐트러질 수도 있다는 말이다. 세상에 쉬운 것 하나 없고, 감사하지 않을 것도 하나 없다. 무언가를 하나 이룰 때도 수많은 감사할 거리가 따르고 혼자 이뤘다고 볼 수가 없다. 그 밑에는 수많은 사람의 도움이 있었고, 보이지 않는 손길이 도와주고 있었기 때문이다. 감사 할 꺼리를 한번 더 감사하라. 별일 아니지만 고마워해라. 나중에 똑같이 돌아오는 순간이 있다. 긍정적으로 받아들여라. 힘이 들어 지치는 순간에도 긍정적으로 맞아 들이면, 감사할 일이 생긴다. 나는 오늘도 이렇게 살아간다.

걸으며 살아갈 수 있어서 감사하다.

길의 연속

인생길은 사하라 사막을 닮았다. 사막은 인생과도 같은 마침표가 없는 길의 연속이다. 길의 마침표가 찍히지 않는 길과도 같기에 걷고 또 종일 걷는다. 사막을 건너, 강을 건너, 나침반을 돌려본다. 어디로 가야할 지 나침반에게 답을 원했다. 나침반이 기우는 길을 따라 걷고 또 걷는 사막의 길, 사막을 걷는 이유는 내가 살아있는 나의 존재를 읽고 싶어서다.

길의 연속에서 난 길을 읽으며, 글을 읽는다. 사막의 연속처럼 길은 늘 연속된다. 연속에 이어 연속, 길의 노정이 궁금하다면 다음 글을 읽어보아라. 다음의 노정이 써있을 것이다.

낙엽

부스스 부스락 낙엽 밟는 소리에 낙엽사이에서 되돌아보네
바스라지는 나뭇잎을 밟으며 여정을 건너네
따스한 해가 내 눈에 들어와 눈을 녹이네
낙엽의 감촉에 발들이 뛰노네
어떤 이에게는 아무 의미 없는 흩날림일지랴도
나에겐 황홀함 그 자체라네

따스함을 껴안으며 봄날을 만끽해본다

분홍빛으로 세상을 설레게 하는 벚꽃이 만개하는 봄, 봄…
스쳐지나가는 사람들마저 봄꽃으로 보이는 봄은
나의 눈을 꽃으로 만들어줬다.
꽃잎을 따라 글을 끄적, 휘날려본다.

따스함을 껴안으며 봄날을 만끽해보려나.
분홍빛으로 세상을 설레이게 하는 벚꽃이 만개하는 그것은…
봄, 봄, 봄…

스쳐지나가는 사람들마저 봄꽃으로 보이는 봄은
나의 눈을 꽃으로 만들어주네.
벚꽃에 홀딱 반해보리, 꽃말을 홀딱 들춰보리.

익어가는 것에 관해

봄날 어느날에 화창한 햇빛을 맞으며, 눈을 감고 눈으로 그 순간을 음미했다. 화창한 봄이 사람들의 발걸음을 가볍게 동동 걸음으로 걸어다닌다.

가만히 앉아 찻잔을 쓰다듬었다. 차 한 잔의 시간은 깊었다. 찰칵 한 장을 기록 하는 것보다 눈을 담고 담았다. 같은 장소에서 다른 향기를 맡았다.

어느 글을 읽으며, 좋은 구절을 찾았다.
'나이가 들어가는 것은 시들어가는 것이 아니라, 숙성되는 것'
한 살 한 살 나이를 들며, 나의 글이 성숙해 갔으면 좋겠다. 주변도 나의 글도 목표와 욕망이 가득한 현대사회에서 순수함은 어쩌면 경쟁에 도태되는 것이 아닐까라는 생각을 해본다.
그럼에도 난 나의 순수함을 잃지 않고 싶다.

끄적임, 한 살 한 살, 꽃이 만개하는 것처럼
나도 잘 무르익고 싶다.

무르익음에 대해 끄적이다.

보름의 날갯짓

고요하다,
새벽녘 아낙이 우물을 길었다.
아직 보름이다.

초승달과 보름달,
두개의 달이 우물속에서 속삭였다.
보름달은 날개가 있다.
보름달의 날갯짓은 자유의 물결을 일으켰다.

보름달, 표현의 너울은 세상에 휘날린다.

날갯짓은 산 따라 물 따라
구애가 없다.

꿈꾸는 나의 다락방에서

우물쭈물… 다락방에서 글 한자 한자씩 종이에 새긴다.
비밀의 방, 다락방은 나의 글쓰기 비밀장소,
그곳에서 꿈꾼다. 맨날 기록하며, 기록해나간다.

새벽녘, 오늘도 꿈을 꾼다.
꿈은 그 무엇보다 설렘을 가져다준다.

오늘도 설레임을 먹었다.

꿈꾸고 생각한다.
생각은 행동하게 한다.
행동하면, 그것은 이루어져있다.

꿈꾸는 나의 다락방에서…

인연

옷깃을 스치며 인연이 되기도 하며, 인연이 옷깃을 한번 더 스치며 연인이 되기도 한다. 차 한 잔의 여유를 가지며 인연이라는 주제에 생각을 이어갔다. 사람과 사람이 인연이 되는 시점은 참으로 다양 미묘하다. 그 시점에서 '인연이 될 수 있을까'라고 한 시점에서도 인연이 되며, 악연으로 좋지 않은 기억의 양면에 남아있을 수도 있다. 인연을 한 명, 두 명 만남으로써 인연이 점차적으로 도태되어진다. 자신에게 정작 남는 인연이야말로, 진정 인연으로 여겨질지도… 나이를 먹으며 인연에 관해 생각하는 것이 달라지는 것을 느끼고 있다. 나와 인연이 아니라면 바람대로 고요히 흘러가겠지 라며 넘기는 것이 예전과의 달라진 점이라고… 예전에는 인연과의 맺음에서 욕심이 많았던 것 같다. 그 인연의 깊음, 얕음은 신경도 안 썼다는 것이 안타까움이었지만…

지금은 누군가가 인연의 정의를 내리라고 한다면 난 혼자 읊조리고 있겠지. 나와 인연이라는 사람이었다면, 관계가 지켜지겠고, 그것이 아니었다면 나의 인연이 아니었겠지라며 넘어간다. 그것을 욕심 삼을 이유가 없으며 지나간다. 그저 날카로운 바람이라고 여기며, 바람과 함께… 우연히 인연이 되는 사이가 기억에 많이 남는 인연이었다. 악연으로 지나치는 사이도 있었지만, 지금쯤은 다르게 말하고 싶다. 악연이 아닌 관계의 배터리가 다 달았던 것으로… 그 방전된 배터리를 채워야했지만, 미묘하게도 그것까지는 손이 닿지 않았다. 연인이나 친구관계, 친숙한 관계에서 종종 겪는 문제이다. 시간이 지나며, 대하는 행동이 예전과 같지는 않을 것이다. 사람이 처음과 끝맺음이 같아야 하는데, 편하다는 것이 독이 된다. 편할수록 더욱 예의를 갖춰야 하며 존중해야 하는데… 그러지 못해서 관계들은 종결된다. 가까이 있는 인연일수록 더 신경쓰길…

– 생각에 잠긴 공상가

매화꽃이 개화한다

꽃이 개화하는 시점과 나의 맘이 개화하는 시기가 되었다. 보슬보슬 자라나는 마음처럼, 따뜻함은 나의 글에 묻어났다. 따뜻한 계절처럼, 따뜻한 마음이 스멀스멀 올라오고 있었다. 이때다, 봄꽃 향기를 맡으러 산을 올라갔다. 산은 따라, 물을 따라, 종종걸음으로 걸어본다. 봄은 산들산들 산들바람을 거닐며 꽃들이 피어난다. 발그레 내 마음에도 꽃이 피어나는 그런 계절. 발그레 함박눈 꽃이 피어난다. 꽃은 사람들의 사이에 생긴 벽을 허물며 더 가까운 사이를 만든다. 꽃 피우는 나무처럼 독자들의 맘에도 꽃이 방울방울 피어났으면 좋겠다.

가보지 않은 길을 간다는 건, 아름다운 걸음이다. 화려하진 않지만 그 걸음을 동경했다. 오르고 올라 탁 트인 전망은 나를 극대화 시켰다. 구비구비, 꾸불꾸불한 산, 정상에 오르지 않아도 좋았다. 그런 자락길에서 갈팡질팡 발을 뛰놀았다. 산에서만큼은 나를 어린 시절로 거슬러 돌아가는 시간. 그런 시간이 좋다. 소나무 잎사귀를 맛보며 산과 동화해갔다. 사뿐사뿐 나의 글은 따스함으로 채워 나가진다.

연탄

여느 겨울날 구부정한 허리를 이끌어

연탄 아궁이를 바라보네

연탄아, 연탄아, 언제 오려나

따뜻한 연탄 한장 3.65kg를 메고 줄지어오네

으스스한 연탄아궁이는 하염없이 뜨거워지네

내 마음도 따뜻함으로 채워간다네

연탄 배달하는 이들의 체온은 36.5

올해 겨울살이는

연탄이 매서운 겨울을 따뜻하게 데워준다네

뜨근뜨근한 겨울날이를 이듬해 봄까지 나시게나

추위가 갈랑말랑 하는 겨울날, 연탄을 배달하러 부산 개금 3동 주민센터에 봉사자들은 북적북적 모였습니다. 코로나로 인해 봉사자가 줄었지만, 추운 바람을 거닐며 봉사자들은 따뜻함을 나누러 왔습니다.

연탄을 사용하는 분들은 연탄값이 올라서 걱정이 이만저만이 아니였습니다. 하루에 연탄 하나로 추운 겨울을 나기엔 너무 작은 연탄이었습니다. 한 자택에 200개에서 300개의 연탄이 전해졌습니다. 올 겨울엔 추위 걱정 없이 나실 수 있어서 정말 다행이었습니다. 사람들의 움직임이 모이고 모여, 따뜻함을 전해줄 수 있었습니다.

쉬는 시간엔, 개금동 어르신들께서 자원봉사자들에게 떡국을 만들어주셔서 배도 채우고 연탄나눔을 마무리했습니다. 5500여장의 연탄은 개금동 주민들에게로 전해졌습니다. 저희의 따뜻한 온도도 같이 전해졌으면 좋겠습니다. 나눔은 겨울 한기를 싹 사라지게 하는 것 같습니다.

나눔은 받는 이와, 주는 이 모두를 행복하게 해주는 것 같습니다. 얼른 코로나가 괜찮아져 대상자들과 봉사자들이 함께 할 수 있는 봉사를 이어갈 수 있으면 좋겠습니다.

이로써 적극적인 개입의 봉사로 나와 너, 그리고 함께 행복을 만들어 가고 있는 시간시간마다의 연속적인 에너지의 발산이 모든 이가 함께 누려야 할 이 시대의 행복으로 다가왔으면 좋겠습니다.

두리번 두리번

새싹의 꿈틀거림
차가운 바람을 거닐며
한싹씩 자라나네.

비바람과 눈보라에
쑥쑥 자라나는 새싹이라
내 가슴에 묻어놓네

또 새로운 날이 왔다

기록하는 습관을 기르기 위해 아침마다 기록을 하기로 했다. 목
표를 기록하지 않으면, 자신의 목표를 잃는 경우가 있다. 그래서
목표에 도달하기 위해서 기록 하기로… 크게 보는 것과 작게 보는
것의 차이, 거시적인 관점에서 본 것과, 미시적 관점의 차이는 개
인적인 관점에서 보는 것, 그리고 사회적 관점에서 보는 것의 차이
라고 할 수 있겠다. 크기를 미세하게 넓히는 과정은 어렵다. 쉬운
것이 아니다. 목표를 더욱 현실화시키고 싶다. 머리속에서만 상상
하지 않고 실제 현실로 만들고 싶다.

길의 연속

땅바닥에 낙엽이 송이송이 속닥속닥거리고 있었다. 길은 연속성을 가진다. 꼬불꼬불한 길들, 그리고 또 일자로 이어지는 길들로… 길들마다 각자의 매력을 지니고 있다. 조금만 눈을 다른 시각으로 보다보면, 보이지 않던 것이 보이곤 한다. 산에 오르면 정상에서 맞이하는 기쁨도 있지만 그보다도 나는 연속적인 길이 좋아서 걷는다. 걷고, 걷고 또 걷는다. 낙엽의 부스스한 소리에 귀를 귀울여본다. 낙엽의 부스스 부스스 낙엽 밟는 소리에 가을이란 계절

이 겨울로 옷을 입을 준비를 하고 있는 것을 볼 수 있었다. 날씨는 생각보다 춥지 않았다. 오늘 코스와 산은 해발 552m로 높지 않은 산이었다. 천천히 구경을 하며 올라갔다. 온통 낙엽 투성이여서 낙엽 밟는 소리에 나를 실어보았다. 흥얼흥얼 거리며 바스삭 부스스 소리를 흥껏 즐겨보았다. 대장님이 지도와 나침판을 보는 법을 알려주셨다. 다들 한방에 알아들었다. 나는 이해력이 좋지 않아서 계속 이해를 하지 못하고 물어봤다. 모두들 성격이 친절하셔서 다시 알려주셨다. 머리가 돌머리인지 아직까지 이해를 못했다.

길을 걸으며, 나의 나침판에 대해 물어보았다. 어디 길로 가야하는 지를 말이다. 이것은 인생의 노정의 길에 만나는 숙제이자 방향이다. 방향성이 속도보다 중요하다고 생각한다. 방향은 어디로 가는 지에 포커스를 맞추는 것일 뿐. 속도는 중요하지 않다는 것이다. 속도는 누구나 다를 뿐이다. 습득하는 속도, 배우는 속도는 다르다. 뚜렷한 방향만 있으면 길을 가는 데는 문제가 없다. 인생은 속도가 빠른 것이 정답이 아니다. 자신을 찾아가고, 만들어가는 것이다. 자신의 속도대로…

밤에 별을 보러 떠났을런지

하늘에는 수많은 별들로 수놓아져 있을런지
그러 할런지
별을 보며 사랑앓이를 할런지
막둥이 별과 밤새도록 수놓아볼까

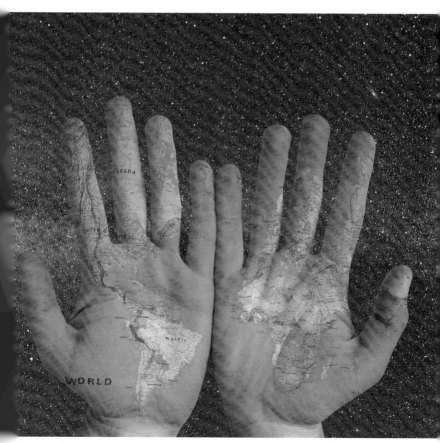

내 나이 20살

들꽃처럼 풋풋한 냄새를 맡으며
들에는 물향기가 가득한 냄새가 숭숭히 떨어지네
비가 오니, 물방울이 우숭숭 떨어지네
풋풋함에 젖어보게나
내 나이 20살…

오늘은 맑음

오늘 나의 날씨는 맑다. 날씨처럼 마음도 맑기를 바라지만 마음의 날씨는 어두움이 보여질 때도 있다. 날씨처럼 매일같이 다른 마음을 정화하기란 어렵다. 마음을 정화시키는 과정을 요리하는 과정처럼 적어보도록 하겠다. 요리를 하는 데에 맑은 물에 재료들을 썰어 물에 담그며 깨끗하게 정화시키는 과정처럼 마음을 깨끗한 욕조에 담아본다. 무거운 마음도 지금만큼은 지워본다. 무겁고, 묵직한 무언가가 맑음을 가릴 때도 있지만, 난 늘 맑아보이려 노력한다. 오늘도 나의 마음엔 맑음이 들어왔다.

도전정신과 나의 일상

도전정신은 날 여기까지 이끌어왔다. 내가 여기까지 오게끔 하는 이유는 도전이라는 것 때문이었다. 도전은 나의 가슴을 울렸고, 나를 도전하게 만들었다. 도전은 나이의 제한이 없다는 사실이 좋았고, 도전할 수 있다는 것이 좋았다. 발 디딜 때마다, 새로운 길이 우리 앞을 맞이 하고 있을 것이다. 안전성은 주지 못하지만, 가슴을 뛰게 한다. 가슴을 뛰는 일을 한다는 것은 너무도 행복한 일이다. 일상을 도전으로 만들어라.

늘 도전해라. 도전하는 자는, 더 넓고 넓은 세상으로 세상의 시선을 바라볼 수 있을 것이다. 살아있음을 느껴라. 삶에 내가 사는 이유이다. 난 도전하기 위해 살아간다.

바쁘고도, 숨이 가쁜 세상이지만, 세상에 따뜻함을 느껴라. 삶을 네 밝음으로 밝혀라. 도전하는 자만이 느낄 수 있는 여유를 느껴라. 나의 일상은 도전이다.

향수병에 머문 채

향수가 온몸에 퍼져 물들었습니다. 향수에 취한지 애타게 그리움을 잊지 못하는 그녀가 있었습니다. 향수병을 머문 채 어쩔 줄 몰라했었죠. 향수병이 퍼졌나봅니다. 그때의 기억에 멈춰, 그리움을 말했습니다. 추억을 보여주는 사진 한장을 보여주며 울먹였습니다. 그때로 돌아가고 싶다고요. 향수병에 머물고 싶다고 말했습니다. 향수병이 진정될수록 그 기억을 잊어만 갈 것 같았으니깐요. 향수병에 머문 채, 잠시 기억속으로 들어가봅니다.

그들을 나무처럼 바라보아요

할머니들이 서랍 안에다가 볼일을 보고 침대를 화장실로 착각해요. 세월이 지날수록 시간이 지날수록 치매는 악화되기 때문에 그런 행동은 어쩔 수 없는 거에요. 그냥 할머니들께 엄마, 엄마 하며 보듬어주세요 상황에 잘 받아쳐주는 방법 밖에 없을 지도 몰라요. 할머니들의 이런 행동에도 언제나 사랑스런 눈빛으로 한없이 그들을 나무처럼 바라보아요.

난 오늘도 글을 쓴다

나무를 보며 길을 걸으며 오늘도 영감을 받는다.

영감은 떠오르는 것이다.

생각이 떠올라 머리속을 스쳐 지나간다.

영감을 받고, 또다른 수정하는 것을 거쳐

글은 완성된다.

달님이 기다려요

당신을 밤새 기다려요.
당신의 꿈이 궁금하대요.
이야기해요. 우리,
종종 말이죠.
달님은 꿈이 뭐에요?
당신은 꿈이 뭐에요?

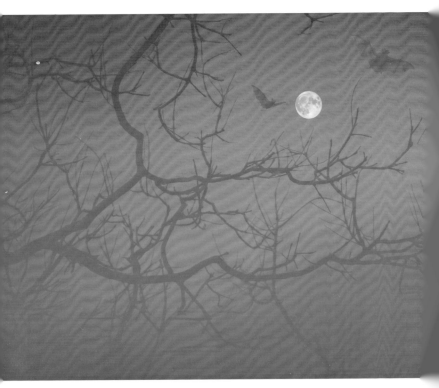

나즈막한 밤

나만의 꿈동산에 나들이 가봤소다
나만의 꿈동산의 따른 별명은 웃음동산이라 하오이다
웃음꾼들은 동산의 주인이었소다
꿈동산은 너나 할 것 없이 웃기에 바빴오
글쓴이는 낭만주의를 추구하오

글이란 벗

글은 내 삶의 일부분이 되어있었다.
늘 함께 따라오는 일부분으로
우연처럼 글은 나의 양분이 되어주었다.
내 마음의 씨앗에 양분처럼 글은 시들지 않게
양분의 역할을 해주었다고 말한다.
그래서 난 글이란 '벗'이 친구로써 좋다고…

사고방식의 변화

철장에 갖힌 새보단, 내가 생각하는 틀에 박힌 생각에서 깨고싶다. 난 자유로운 사람이다. 나는 새들을 철장에서가 아닌 자유로운 세상에서 키우고 싶었다. 나의 새 친구들은 철장이 아닌, 자연에 놓아두고 싶었던 것일까?

나의 틀에 박힌 생각을 마치 알에서 부화하는 것처럼 깨고 나오고 싶었다. 새로운 생각과 틀 밖의 생각을 늘 하길 원했고 난 사고방식의 변화를 거치고 있다. 항상 나의 생각은 변화과정을 거쳐가고 있으며, 나의 사고를 틀 안이 아닌 틀 밖에서 보도록 노력에 박차를 가한다.

시를 쓰는 것은

시와 함께 살아가는 것
인생을 써가는 것
삶을 쓰는 것이다

시에 무지개 색깔이
비추어 지다
시와 함께 동행하다…

가리킴은 참 좋은 스승이려므나

스승과 제자 사이에는 서로가 스승이려므나
서로에게 배움을 얻고 교훈을 얻음이라
배움은 삶에 향기를 뿌려주면
스승이란 제자의 본보기가 되어
향수와도 같도다
향수가 은근히 펴져 배움에는 꽃이 피니라

서울에서의 긴 밤은 나의 글을 선사해줬다

글의 제목은 '공간의 포근함' 안녕이라고 인사를 한다.

서울에서의 긴 여행이 끝맺음 한다. 기억속에서 꾸물거리고 있다.

입술이 틱틱, 톡톡, 툭툭거린다. 삐죽삐죽거린다.

그것이 나의 기억 안의 장면이었다.

그 모습도 그때도 아름다움이 내리다.

살갗이 부딪쳤고, 온도가 느껴졌다.

이것 또한 아름다움으로 치부하고 싶었다.

시간은 화살처럼, 순식간에 쫓아간다.

온마음으로, 화살을 주시했다.

나의 청춘이었다.

그 시절에 솜사탕은 부풀어올랐다.

삐죽삐죽거리는 모습도 나의 여행도 좋았다. 따뜻했다.

지긋이 여행의 이름을 달아본다.

'선명했던 공간의 포근함'이라는 이름표가 달렸다.

피곤하고, 피곤에 찌들은 나는 여행동안 피곤을 덜어냈다.

물결이 파드득 놀래 나의 글의 소리를 듣는다.

부정하지도 않았지만, 난 딱딱했다. 그런 난, 부드러운 두부가 되어간다. 그리고 편했다. 달콤함 또한 한스푼 넣었다. 달콤함 한 스푼이 스며든다. 달콤함을 느껴지고 싶다.

마치 내 집처럼, 덕분에…

살아 볼만한 게 삶이다.
옅어간다.
찬찬히
옅어짐.

바람의 향기

찰나의 순간을 음미했어. 순간 순간이 더 안기길 바랐어.

온 세상이 너무나도 꽃들이 속절없이 폈어.

바람에 기대 나를 안겼어.

나의 삶, 순간순간들이 기억속에 음미 했지.

기억들이 스멀스멀 바람이 되었지.

잠시 잠들었어.

정류장에 앉아 스쳤어.

스친 바람이 너무나도 따뜻했어

한줄의 글로 단정지을수 없을만큼,

그 바람은 농축되어 있었을까.

그리고 그 바람은 나였어.

바람과 사뭇 공기를 느껴봐.

따뜻했어.

스쳐가는 바람을 타고,

살랑살랑 바람의 향기에 취해버렸어.

나의 봄, 너의 가을

너의 가을에 내가 들어갈 수 있었을까.
눈을 질끗 감고 쳐다봤어.
눈을 찡긋거렸지.
나의 너의 봄에 가을이 들어올 지를…

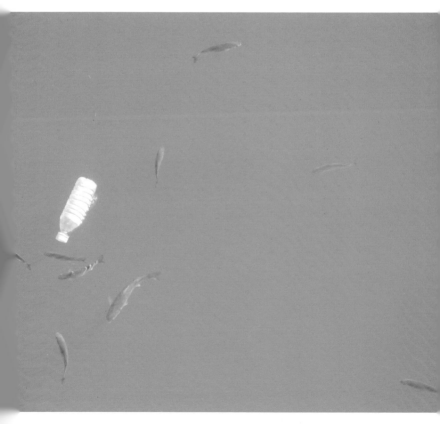

몽실이가 되어가요

몽실이 피어났어요. 몽실이 몽실이

잔디밭에는 몽실이 언니가 꿈틀거렸어요.

몽실이가 내려앉았어요.

잔디밭에 자리를 잡고 앉아 꿈틀대며 저를 한참 봐요.

그러다 살랑살랑 불어오는 콧바람에 살랑춤을 춰요.

언니는 몽실이가 되고 싶었어요.

찰랑거리는 바람에 언니는 몽실이가 되어가요.

저와 언니의 경계를 허물고 몽실이가 가까이 만들었어요

삶의 에너지

에너지는 유한적인 힘을 가진다. 유한적인 에너지를 어떻게 발산해내는지 필자는 파를 쏭쏭 썰어본다. 에너지는 파장이 생기면서부터 에너지의 힘이 생겨진다. 에너지는 유한적이며, 무한적인 형태를 가진 힘이다. 저자가 무한적으로 바꿀 수도, 유한적으로 정해놓을 수도 있는 상태이다.

에너지는 어디에서 오는가? 움직임은 에너지 순환선을 더 잘 움직이게 하는 행위이다. 더 순환이 잘 되게 하는 것은 움직이는 것. 에너지의 정반대물은 무력감, 무기력증… 에너지의 발상을 막는 무력감이다. 상대에게 의존한 상태, 의존증으로 본인을 지탱하고 있는 것,

이것은 여자와 남자의 사이에서도 종종 틈을 타 볼 수 있다. 본인의 정신적 부분까지 의존하는 경우가 있는데 이것은 완전체로 성장하지 못하는 이유 중 하나다. 그런 무력감에 움직임이 더 더뎌지는 것이다. 무기력은 누워서 전혀 아무 것도 하고 싶지 않아하는 특성이 있는데 유한적인 에너지의 힘을 나타낸다.

에너지의 발상은 조작하고 사용해야 다시 톱바퀴처럼 자연적으로 돌아간다. 움직이다말면 다시 힘이 꺼져버린다. 쉽게 설명하자

면, 싸이클 돌리는 것과 비슷하다. 힘을 가해 움직이면, 어느 순간 부턴 적게 움직이는 데도 잘 돌아가는 것처럼 말이다.

에너지의 주축은 쌍방향성적인 물질주의다. 에너지의 발상전환이 필요한 때이다. 관점을 전환하기다. 관점을 전환하면 에너지는 자연화되어 나타낸다. 에너지를 고갈시키고 비축하기를 반복화하여라. 그것이 에너지를 제공시키는 것이다. 고갈과 에너지 발생을 이상화시켜라. 또한 고갈을 미화시켜서 새로운 에너지 파장을 만들 것이다.

맑은 호수 위에

여러가지의 생명들이 깃들어진다.
하얀 운동화 위에 나만의 세상이 그려진다.
그런 흔적들을 그리고 적어간다.
하얀 운동화가 그래서 좋다.
적어 나갈 수 있어서…
정해지지 않은 것을 내 방식대로 나가는 것.
하얀 운동화다.
하얀 배경에 내 색깔을 그려나가는 것.
그렇게 점차적으로 뇌에 관점이 깃들어진다.
하얀색, 아무 것도 없는 하얀 도화지에 그려간다는 것은
설렘을 안겨준다.

바람에 흔들리는 눈에 의해

말랑말랑한 눈들이 머물러 있었어. 추위는 점차적으로 바람과 같이 말했어. 바람과 눈꽃이 눈보라를 휘둘렸어. 눈꽃이 비바람을 쳤어. 스멀 스멀 불어오는 눈보라에 살랑살랑 동경되어져만 갔어. 잔잔한 느낌의 농도가 느껴졌지. 스멀스멀 불어오는 바람에 헐레벌떡 바람을 뒤집었어. 스며나는 공기를 불어 헤치며 힘차게 발을 굴렸어. 구르고 굴러 눈덩이처럼 스노우가 되어버린 나는 큰 트럭에 몸을 담궜어.

봄은 잠들어 있던 나의 글을 깨운다

봄이 마음 한 켠에 들어오니라
산뜻산뜻한 바람이 마음 한 켠에 머무르고
봄이 왔도다라고 이야기했도다
난 봄이다
봄을 맡긴다
온 몸이 동요한다
봄은 잠들어 있던 나의 글을 깨운다

산길에서의 명상

산에 관한 나의 현실과 이상의 자아의 접점, 한편 산내음이 나를 감싼다. 후덥지근, 습하고, 뜨거움이 등뒤로 몰아쳐 올 때, 산을 떠난다. 내가 흔히 듣는 별명 하나는 미친년이다. 누가 뭐라든 나니깐 이란 생각으로 별 신경 안쓴다.

산은 구름이, 흙과 돌맹이… 나무들이 온 사방을 껴안는다. 산을 갈 때마다 산은 나를 껴안아준다. 더움이 나를 온몸으로 껴안으려 할 때, 땀은 온몸을 타고 퍼진다. 그때 생각지도 못한 시원한 땀을 느껴본다. 주르륵주르륵 땀은 온몸에서 내리락, 내리락 여행을 다녀본다. 주르륵 딱 마침 내린다. 단비를 맞으며, 투벅투벅 걸어간

다.

산은 두부 같이 부드럽다. 그래서 나는 산을 두부라고 부른다. 나의 몸이 되는 그날까지 산을 타고 오르며 산과 만나고 싶다. 산을 타는 그 시간은 나를 돌아보게 하며 나를 보듬어준다. 내 마음에 젊음이 있는 날까지 산과 함께하고 싶다.

산과 동화한다. 늘 처음처럼 처음같이 대한다. 그것이 산을 대하는 나의 방식이자 최선의 표현이었다고 말해본다. 산의 부드러움 같이 나 또한 부드러움을 가지고 싶다. 모든 것에 부드럽게, 유연해지고 싶다.

'유연함, 따뜻함, 포근함'을 나의 글속에서 끄집어본다. 그것이 나의 삶에 유연히 새겨지길 바란다.

지금까지, 잘 해 왔다고

그의 얼굴에 묻은 주름은 아름다워 보였다.

시간시간마다의 노력이 묻은 주름이었기 때문이었다.

살아온 세월이 눈에 살포시 보였다.

하지만, 가족들은 찾아 올 생각이 없어보였다.

살아온 긴 세월을 안아주고 싶었다.

지금까지 잘 해 왔다고,

온마음으로 말해주고 싶었다.

구속 안의 자유

진정한 자유에 대한 의문이 머리속을 스쳤다.

그 스친 의문이 내 머리속에 스며들어만 갔다.

자유 욕구를 자신이 완전히 제어가능할 때가 아닐까?

마치 꼭 자유로움을 얻어야만 자유로워지는것일까?

그 자유를 구속 안의 자유가 더 자유롭다는 것일 수도

그 자유 또한 자신의 욕구충만을 위함이려나.

단련 속에 내려놓는다. 욕심 속의 욕망.

욕심이 자신을 갉아먹는다.

난 해탈 되어지고 싶다.

그득히… 속을 비우며…

마음을 비울 때 진정 자유를 느낄 수 있었다고 한다.

선함이 내 등불을 밝혔으면 좋겠다.

나의 글은 왜 난해할까?

본질이 그대로 사진에 담기는 것도

나름 수중촬영한 그때를 떠올리며 글을 썼어. 빛이 촬영의 포인트가 아닐까 싶어서 빛의 주인공이 되었다고 썼다. 나도 부끄럼이 올라왔지만 신선한 촬영을 하고 싶었다. 같은 모델이지만, 작가가 보는 관점은 다르고 표현할려고 하는 점도 다르다는 것에 대해서 생각하게 해주었다. 누드촬영이 가장 여성의 선과 아름다움을 드러낼 수 있는 사진이라는 것을 알게 됐다. 처음엔 누드촬영에 대한 의문, 그리고 주변 사람들의 걱정, 염려가 따라왔지만 작가님과 합작을 하며 누드사진에서 여성의 선이 가진 미학이라는 면을 두드러지게 드러난 것 같다. 나도 몰랐던, 나의 부분까지 만났을 수 있었다. 뭐든 그런 욕심을 버릴 때, 가장 최적의 결과가 나오는 것이 아닐까 한다. 욕심이 과해지면 질수록 본연의 모습은 사라지게 되니깐. 아름다운 사진으로 저마다 다른 향기를 품고 있겠지.

그리고 꼭 그 사진만이 아름다움을 드러낼 필요는 없다고 생각한다. 본질이 그대로 사진에 담기는 것도 좋다고 생각한다.

그냥, 그렇다

난 상대에게 바라는 것이 없어진지 좀 된다. 그것이 상대에게 부담으로 비춰질 수도 있기 때문이다. 그리고 그것은 나의 욕심이다. 상대는 상대이다. 내가 바라는 것에 상대가 맞춰주는 것은 아니다. 상대와 난 맞춰가는 것이거나 인정해줘야 한다.

친구이든, 어떤 관계든 그 가치관의 다름을…

무언가를 바라는 것이 어느 순간 상대에게 부담이라는 생각이 든 이유로 바라는 것과 기대가 사라졌다는 사실에 반박은 하지 못하겠다. 그냥 그렇다. 나도 상대를 위해 노력하는 것은 사실이다. 현실과 이상 사이에서 그 자아의 접점을 찾긴 어렵겠지만 고민한 만큼 그 답은 마음에 이미 답이 나와있을 것이라는 것을…

고민이 있을 때 나는 마음을 따라가는 것을 택한다. 마음을 가슴을 뛰어넘는다. 무신경 속 자아는 이미 수만번 고민을 넘어섰다.

그냥 그렇다고…

휘날리는 머리향기에 심취해 냅다 뛰었다

뛰어 날아올랐다. 눈에 보이는 것은 오로지 새하얀 사막뿐이었다. 상상속의 글이었던 사막은 내 눈 앞에 샤르르 녹아내렸다. 평상시에 뛰놀던 딱딱한 바닥과는 다르게 만져도 만져도 부드럽고 녹았다. 설탕 같은 모래알에 달달함과 공허함이 같이 휩싸였다. 가도 가도 끝이 없는 사막 그 아래, 내 내면 속 자아를 찾아가게 된다. 한 사람 안에 여러 자아들이 합쳐져 있지만, 그속의 진정한 자아만이 찾으려는 자아인 것이다. 평평한 길목 속, 자아를 찾아가긴 쉽지 않다. 그러한 사막 속, 자아는 찾아가며 만들어진다. 그 바탕은 설탕 속의 사막이었다. 사막은 나의 존재를 느끼게 한다. 인생의 한 이미지 속에서 사막을 목말라했다.

산내음과는 다른 사막의 내음

밝디 밝은 불빛이었다. 온 세상이 환영했다. 붉은 불빛이⋯ 밝은 나무가 되어간다. 사막의 고지에 상상속의 나무가 눈앞에 떡하니 있었다. 그 나무의 이름은 불빛 나무였다. 모두에게 불빛이 되어 준다라는 의미로 이름을 붙여줬다. 사막에서만 자라는 나무로 극히 극지대에서도 자라나는 나무였다. 사막에서 물은 생명이다. 불빛나무는 생이 물이 아닌 불빛을 먹고 살아가는 나무였다. 고된 길에 푸르고 맑은 하늘은 잔디가 되어주었고, 불빛나무는 빛으로 환하게 밝혀주었다. 밤빛을 맞으며 사막의 내음을 맡긴다. 산내음 과는 다른 사막의 내음을 풍긴다.

산길의 자유로움과 속삭임

산길이 샘솟아쳤다. 산길이 기다리고 있었다. 누군가가 나를 부르는 소리에 아차 뒤를 슬쩍 돌아보고 있었다. 그것이 무엇이었을까라고 했다. 산, 산이었다. 산길이 나를 거침없이 불렀다. 산길이었다. 산길도 평길도 좋다. 일반적인 도로길, 평길로 이어져 있는 길들도 더 나를 끌어안은 길은 산길이었다. 거침없는 산길의 발길에 나도 발길을 산길로 옮겨본다. 길에서 산길의 울림을 들었다. 발길이 산에서 뛰어놀았다. 어릴 때가 느껴졌다. 어릴 적으로 되돌아가는 기분이었다.

나는 새싹이었다

새싹처럼 싹이 스멀스멀 나고 있었다.

싹들이 타고 올라서 순식간에 새싹이 송이송이 올라왔다.

새싹은 움칠거렸다 새싹이 발아하여 숨쉬고 있었다.

쪼르르 쪼르르 왈칵 왈칵 숨을 넣었다.

아직 아장아장 걷는 연습을 하는 새싹이…

온도와 습도를 잘 맞춰야 쑥쑥 자라나는 것이다.

나는 새싹이라 무르다.

조금씩 일어서는 중이다.

점차 새싹은 무르익어 갈 때가 온다.

새싹 입술이 삐죽삐죽거린다.

새싹이 뚫고 나오려 한다.

난 단단한 새싹으로 다시 태어났다.

새싹

나는 새싹이 되기를 간절히 바랐다
저 아래 새싹들이 돋아나고 있었다.
새싹은 계속해서 자라난다.

자라나는 것은 멈추지 않았다.
나의 성장기는 여전히 진행중에 있다.
사춘기를 거쳐 성장을 영위한다.

어떤 것이 성장한다는 것에 적합할 수 있을까?
난 여전히 변화를 도모하고 있으며 새로운 것을 추구한다.
새로움을 추구하는 것은
새로움, 두려움, 생소한 것들과 직면하기 위해서다.
두려움에서 자유로워지기 위해서는
그 두려움을 직면에서 맞닥뜨리는 것이다.

그것이 자신의 성장시키며
자신을 더 사랑하는 길이라고 생각한다.
새로운 경험의 이면은 무한성을 가지고 있다.

나도 나비처럼 살고 싶다

걷는 나비
몸을 뒤척인다
허겁지겁 날아아하는데
나비들은 걷기에 바쁘다
날지 않고 걷는 나비들은
우리에겐 어떤 사람들일까

끊임없이 나아가야한다

현실에 안주하면 계속 같은 자리에서 맴돌 뿐이다.

안주하는 순간 이상의 발전은 없다.

그 이상을 추구해야 하며 계속해서 전진해야 한다.

그럴려면 자극이 필요하다.

같은 자리에 있을것이냐, 더 나아갈 것이냐는 자신이 정한다.

가만히 있으면 계속해서 같은 자리에서 멈출 것이며,

끊임없이 나아가야한다.

창문 너머 조금 달랐던 세상!

저 창문 너머 소리가 들려왔다.

창문 너머 앉아 계셨다.

가족일까 해서 창문 너머 두리번거리고 계셨다.

나는 곁에서 할머니께 '할머니, 보고 싶겠어요'라고 말을 건넸다.

창문 너머 세상이 많이 그리웠다.

할머니들을 대리고 오순도순 모여

다같이 꽃을 보러간 적이 있었다.

할머니들과 꽃은 너무 잘 어울렸다.

할머니들을 꽃을 반겨했으며 이쁜 표정을 지어주셨다. 할머니들
이 소녀로 보였다. 노년의 삶을 들여다보면 축쳐져있는 어르신들
을 많이 볼 수 있었다.

나는 원했고, 바랐다.

그들이 조금 더 힘을 내기를…

그들이 조금 더 웃어주기를…

그들이 조금 더 아름다운 세상으로 세상의 이치가 보이기를…

나의 욕심이었을까? 노년은 아름답다라고 말하지만, 대한민국은
노인빈곤율 OECD 국가 중 1위라는 사실이 내 마음을 아프게 했
다. 어르신들을 만나뵐 때마다 즐겁기만 한 것은 아니다. 어르신들

께서는 나에게 '왜 살아야 하는지' '내가 삶에 짐이 되는것은 아닌지'라고 말했다. 아니라고 말하고 싶었다. 당신들은 나의 청춘이자, 안개꽃이라고… 어르신들과 만나면서 나는 삶에 대한 고착은 지금까지 이어오고 있다. 할머니들과 함께한 시작점부터 지금까지의 나의 프레임은 계속해서 달라지고 있고 변화되고 있다.

당신의 숨이 가빠져도,
당신의 목소리가 나오지 않아도,
당신이 저를 싫어해도
저는 당신들을 사랑한다는것을요.

시간이 멈춰 그 순간에 머무르고 싶은

시간의 속도는
내 마음의 속도와 일치할 때가 많다.
시간이 멈춰
그 순간에 머무르고 싶은 애틋한 시간이 있고
나오려고 발버둥을 쳐도
그 시간에 갇혀 있는 듯 더디가는 시간이 있다.

오늘은 겨울에 보지 못했던
함박눈과 눈보라가 휘몰아쳤다.
시선을 머물게하는 함박눈과
온몸을 움츠리게 하는 눈보라가
오묘한 조화를 이룬다.

내 안의 소리

좋은 습관에 대해 말하고 싶었다

뛴다는 것, 살아있음을 느끼는 것 같다. 뛰기전엔 오만가지 생각이 뛰기를 방해하지만 뛰고나면 정신이 상쾌해지고 몸이 가벼워지는 운동이었다.

단식과 함께 하면 최고의 조합이다. 지방이 타는 듯한 느낌을 느끼는 건 이번이 처음이었다. 마라톤을 하는 사람들은 중독성에 빠져 계속해서 뛰기를 반복한다. 뛰면 나와의 싸움이 시작된 것이다. 빨리 뛰지 않고 천천히 뛰어갔다.

힘들고 숨이 가쁘면 제자리뛰기와 뒤로 반대로 뛰기도 했다. 싫어하는 것 중 하나였는데 해보니 달랐다. 내 몸에 습관이 배이게 하는 것이 중요했다. 생각하고 하는 것이 아니라 자연스레 밖으로 나가는 것.

뛰고 걷고 뛰면서 초콜릿, 슈가, 가공음식과 점차 멀어져만 갔다. 안 먹으니 멀리 하게 됐고, 생각이 나지 않았으며 먹고 싶다는 욕구가 점차 없어지게 되었다. 그 욕구를 뛰는 것과 운동으로 풀고 있다는 것을 알게 되었다.

모토는 천천히로 되었다. 천천히 해야 오래 달릴 수 있다. 인생길에 적용해도 같다. 빨리 급하게 하면 하다 멈추게 되며 분명 문제

가 생기게 된다. 천천히 길을 개척해 나가야한다. 같은 길을 계속
해서 가다보면 지루하고 답답하다. 그래서 없던 길을 개척해서 가
는 것을 좋아한다. 뛴다는 것은 여러 의미를 장착하고 있다. 가벼
워지고 싶다는 욕구가 크게 들었고, 정신력을 더 강하게 만들고
싶었다. 또 우리 몸에 내재되어 있는 에너지가 얼마나 많은 지 느
꼈다.

에너지를 계속해서 주입시키지만 말고, 에너지를 고갈시키면 좋
다. 알고 있지 않는가? 우리 몸에 얼마나 많은 내장지방이 축척되
어있는 지를… 단기간의 디톡스는 근육감량을 걱정하지 않아도
된다는 사실이다. 이틀 가량 물과 아메리카노로 속을 달랬다. 시
간이 지나면서 속은 안정되었고 배는 고파하지 않았다. 단식은 이
번 계획에는 전혀 없었는데 머리보다 몸이 더 앞장을 섰다.

머리가 무의식에 몸에게 시키면, 몸은 자신도 모르게 그걸 해냈
다. 또 하나의 미션에 해냈다는 것에 자신을 더 긴 단식기간의 미
션을 기다리고 있었다. 미션과 그걸 성공해낼 시 주는 조그만 선
물은 미션을 성공하게 만드는 방법이다. 이번 단식은 별 생각없이
몸을 쉬게 하고 싶었고, 간혈적 단식을 통해 단식의 맛을 더 느껴
보고 싶었다. 디톡스도 하고 싶었다. 육식주의자라서 속이 쉴 날
이 없었다. 단식은 나에게 비움이 편안함을 안겨주었다. 비울수
록, 정신이 또렷해 갔으며 그 이유는 뇌가 음식을 찾기 위함이었
다. 배고픔은 잠시 지나가는 바람에 불구했다. 바람 같이 살고 날
아가는 새처럼 살아가고 싶었던 것이다. 나는 음식을 섭취하는 행
동은 배고픔이 아닌 습관성 행동인 것이 밝혀졌다. 습관적으로

같은 시간에 음식을 찾았으며, 찾았을 때, 나의 배는 허기심이 없었던 상태였던 것이다.

행동은 습관을 통해 완성이 되어진다. 잘못된 습관, 고치면 좋은 행동을 찾아나섰다. 스트레스를 받으면 초콜릿 등과 같은 당분은 많이 들어있지만 영양분은 없는 가공된 식품에 혀가 익숙해진 상태였다. 그래서 스트레스를 받거나, 충족되지 않은 욕구가 있다면 초콜릿으로 채우려고 하는 것이었다. 나도 모르게 나의 혀는 초콜릿을 찾고 있었다. 초콜릿은 당분만 올라가며, 사실 우리는 초콜릿을 찾을 때 초콜릿을 찾는 것이 아니라 미네랄이나 아미노산이 필요해 한다는 몸의 신호였다. 그땐 간단한 고구마나 고기를 조금 섭취해 주면 땡기던 초콜릿이 사라진다고 한다. 건강해 지려다가 되레 건강을 잃을 수도 있겠다 싶었다.

이 행동은 건강한 음식을 먹으며 콜라를 먹는 것과 같은 행동이었다. 줄이는 것, 조금만 먹는 것도 좋지만 중독되어 있는 혀를 끊어내기 위해선 아예 끊는것이 급선무였다. 나쁜 습관을 가지고 있는 것은 오랜기간 그 행동을 유지해 왔기에 본인들이 그 심각성을 제대로 인지하고 있지 못할 확률이 높다. 그걸 알려주면, 그제서야 그랬다는 것을 인지하기 시작한다. 그때부터 고치면 된다. 몰랐으니… 그 이후, 편의점에 가는 것을 줄였으며 정제된 탄수화물과 가공식품 대신 〈두부, 두유, 과일냉동, 따뜻한차, 견과류, 죽염, 육포, 간단한 참치, 아몬드, 누룽지현미, 오트밀, 현미빵〉과 같은 대체 가능한 음식에 손을 댔고, 가까이 하게 되었다.

속의 부대낌은 확실히 덜했고, 과자를 먹는 습관 대신 견과류를 먹는 습관으로 바꿨다. 밀가루를 먹게 되면 정제된 설탕은 인슐린의 급격한 분비로 혈당이 증가하며 지방으로 축적된다. 더군다나 영양분이라고는 없으며, 설탕 덩어리를 먹는 것과 같다고 볼 수 있었다.

거절이 여기서 중요한 장치로 사용하는데, 우리는 손님이 오거나 대접해줘야 하는 상황, 모임을 가게 될 경우 간식을 보따리보따리 챙겨서 나눠준다.

어쩔 수 없이 먹으러 가게 되는 경우도 다반사, 회사에서 회식을 하게 될 경우도 마찬가지였다. 안 먹고 싶은 경우가 굉장히 많았다. 누군가를 도와준다거나 그럴 때 고마움을 표현하는 인사로 한움큼 받게 된다. 대다수가 간식거리 가공식품, 매번 나는 그걸 거절하지 못하고 먹었고 회식, 외식에서도 먹으라고 보채는 덕에 먹을 수 밖에야…

그걸 먹고 나면 집에 가서가 또 문제였다. 소화기간이 원체 약한 나는 소화가 안 되어서 종일 속을 두드리며 답답해 했고, 또 약을 먹길 반복했다. 악순환의 반복이었다. 이를 끊기 위해선 거절이 1순위었다. 무슨 말을 듣든지 안 먹을 수밖에야… 안 먹는다. 모두 먹는 데 나만 안 먹으면 사실 눈치가 엄청 보인다. 그냥 눈치를 안 보고 안 먹기로 했다. 눈치를 본 이유도 먹어야 할 의무 또한 없는데 왜 눈치를 보고 먹었단 말이냐.

당을 줄이고, 외식을 줄이고 자연음식에 입이 적응되니 과식을 안 하게 되었다. 자연식은 간이 안 되있으니, 인공감미료가 안 들어 있다. 밖에 음식은 설탕이며, 소금, 감미료를 무제한으로 집어 넣어서 내가 포만감이 있음에도 더 먹게 손이 가게 되는 것이다.

아프고, 질병이 있어 병원에 다니는분들도 매번 약만이 답은 아니다. 그 약은 잠시 그 아픔을 멈춰주는 것이지 원인을 고칠 수는 없는 것이다. 그런데도 우리는 너무 약에만 의존하는 것이다. 그 이유, 원인을 찾아 고칠 생각을 해야 되는데 모든 병은 독소가 배출되지 못해서 독소덩어리가 본인의 습관을 토대로 밝혀보면, 그 병을 만든 이유도 잘못된 습관이 형성되었기 때문에, 완전히 고치는 법은 아에 끊고, 처음부터 뜯어 고쳐야한다. 독소를 해독하지 않음으로 질병이 오며 몸에 장치가 망가지는 것이다. 그렇다고해서 약에만 의존하기보단, 신체를 디톡스시키면, 몸은 저절로 노폐물이 배출되며 원상복귀가 될 수도 있거나 호전 될 확률도 있다는 것에 놀랬다.

우리 몸은 몸안에서 자연히 면역을 회복한다는것도 몸을 쉬어주는 것이다. 365시간 우리는 휴식을 하면서 왜 우리 장기는 쉬어갈 시간을 주지 않는가? 내 몸의 향상성을 위해 내 몸이 신호를 주었다.

나도 모르게 시작하게 된 좋은 습관에 대해 말하고 싶었다.

산이라는 '나의 세상'

산이라서, 산이여서, 늘 그자리에서 산은 자리를 지키고 있었다.

그 매개체는 산이었고 인연을 맺게 해주는 매개체의 역할을 했다. 산에 관한 나의 프레임은 첫발을 밟을 때는 틀에 박힌 생각들로 가득 차 있었다. 산에 관한 온갖 나의 고정된 생각들이 나를 막고 있었다. 두 발을 내밀며 산에 관한 프레임을 바꾸어보는 관점과 시각을 가지게 되는 과정이 되었다. 산은 나를 일으켰다. 나의 원동력이 산이라고도 할 수 있을만큼 영향을 미쳤다. 사람이 보는 관점에 따라 같은 장소에서도 다르게 보인다. 그것은 모두가 다 다른 가치관을 갖고 있기 때문이다. 산에 관한 관점도 다르다. 산을 인생으로 다루기도 하고, 하나의 인생관으로도 여긴다. 바라보는 프레임은 누구나 다르다는 것. 인정하고 그들과 같은 눈으로 바라본다. 나의 색으로만 보는 것이 아니라, 같은 색깔의 안경을 쓰고 바라보는 것, 산을 걸을 때면 머릿속에 복잡한 잡념들을 없앨 수 있었다. 그런 산은 나를 산에 스며들게 했다.

나의 평소 시각에 프레임을 두고 비춰보니 다른 세상이 보였다. 물론 틀안에 나를 가둬 넣고 싶진 않았다. 프레임을 세상을 바라보는 마음의 문이라고 정의 내리고 싶었다. 우리들은 자신이 가진 프레임 안에서 산다고 이야기 하고 싶다. 그 프레임에서 자신의 안경에 맞춘 색상에 따라 세상이 움직이고 보인다. 이러한 프레임은 틀안에 갇힌 우물 안 개구리 같았다. 어쩌면 그런 프레임에 우리는 살고 있는지 조차 모르고 있었을 수도 있다. 접근 프레임은 과정을 중요시한다. '실패의 가능성의 창' 앞에서 두려움을 구축하지만 그냥 한다는 '접근성 프레임'은 행동의 두려움에 도전하지 못하는 자에게 적합한 프레임 같았다. 이번은 프레임을 재구조화는 시간이었다. 그건 어렵다. 프레임을 색다르게 보는 것, 다른 모양으로 보는 것. 나만의 시각에서 변화시키는 것은 그렇지만 나의 시각의 관점을 더 넓히려 한다. 자신의 프레임에 따라 꽃들이 '향연'하는 형태로 보일 수 있다. 자신만의 프레임에서 깨어 나면 다른 세상이 자신 앞에서 고개를 내밀고 있을 것이다. 프레임에 따라 받아들임은 달라지고 이에 따른 생각이 붙어진다. 같은 색상을, 색을 입었지만 보라색으로 보이고 빨간색으로도 보이는 것이다. 결과적 프레임은 결과가 중심이 되어 결과에 따른 패배감을 느끼며 행동의 상실감이 생긴다.

난 경험을 추구하는 프레임은 가치 있게 자신을 생산해 낼 수 있다고 생각한다. 이에 따른 경험과 행복은 상관관계를 맺고 있다. 일정한 상승관계를 이룬다. 경험은 결과를 따지지 않기 때문이다. 즉 경험, 과정 중심인 열린 프레임으로 바라보는 것을 지향한다는 글쓴이의 생각을 밝힌다. 사람들은 편견 속 세상에서 고정관념에 많이 갇혀있음을 느꼈다. 편견은 고정관념을 더욱 가속화시키고 자신의 편견에서 살아간다. 개개인의 관념을 동등한 시각으로 평등하게 바라보지만 프레임을 재해석할 필요가 있다는 것이다. 노란 안경에서는 온통 노란 세상이, 검정 안경에서는 검정색 바탕화면이 자신을 바라보고 있기 때문이다. 산은 나의 프레임에서 배움의 대상이었고 세상은 나의 배움의 대상이었다.

내 안의 목소리

살면서 어떤 의식을 '중심'에 두고 살아가는가? 그 의식은 중심에 위치한다. 중심 의식을 어디다 두고 살아가는가? 그것은 그 사람의 삶을 영위하는데 큰 역할을 차지한다. 독자의 의식은 어디로 가고 있는가? 주변의식을 과도하게 의식하는 이들은 자신들의 행동 하나하나에 의식이 따라붙는다. 행동에 따른 파장을 분석한다. 이런 행동은 무의식에서도 따라온다. 의식하지 않았으나 행동은 이미 의식을 하고 있는 것이다.

이들의 행위는 자식에게까지 이어진다. 바람직한 성인으로 키우기 위한 행동 개선이 필요하다. 신경을 떨쳐내는 것은 습관적인 연습이 있어야 한다. 신경을 쓰는 행동은 습관으로까지 이어졌을 확률이 높다. 신경 쓰는 행동은 불안정한 정서를 가져다줌으로 불안장애 증상이 이어진다. 마음적인 안정상태가 되어야 하는데 집착하는 신경은 불안정한 상태를 만들어주기 때문이다

불안장애는 주변 이들에까지 영향을 준다. 편도체, 시상하부, 해마, 뇌간이 관여하여 정신적으로 불안함을느끼게 되는 것이다. 불안과 공포로 교감신경계는 과도하게 관여해 불안함을 더한다. 편도체까지 관여하게 된다. 불안장애의 증상은 아주 다양하게 나타난다. 공항장애, 강박장애, 사회공포증, 스트레스 장애 등등 일상

에 지장까지 미치게 된다고 한다. 이들의 공통된 양상은 세로토닌 결함이라고 나타난다. 세로토닌은 '행복'과 밀접한 관여가 되어있다. 행복 호르몬의 항체가 면역계에 잘 활성화되지 않았기 때문이다. 이 상태가 오래 이어졌을 경우, 우리 몸은 세로토닌 결함의 불균형한 상태를 또 오래 유지하려는 항상성이 반응한다.

적당한 욕구충족은 불완정한 상태를 조금이나마 안정상태로 만들어준다. 그래서 적절한 욕구충족은 문제해결의 대체요인으로 쓸 수 있을 것이다. 중심요인을 인식하고 있지는 않지만 의식의 흐름을 따라가고 있을 것이 분명할 것. 중심을 어디에다 두고 있는가는 무의식 중에서도 행동의 표면으로 나타나고 있을 것. 이 글을 만나며 내 안의 내면의 아이에 귀 귀기울이는 시간을 만나야겠다는 생각을 가졌다.

나를 만나는 시간… 더해, 내 안의 소리에 귀 기울이는 그런 시간. 들려오던 내 안의 목소리에 더 집중해야겠다.

가족은 웅장하다

수직적으로 이어진 관계는 능동적인 행동으로 이어지기 보단 벽의 계단을 쌓게 되며, 수직적인 관계를 만나볼 수 있다. 반대로 수평선을 상상케 하는 수평적인 사이는 사람과 사이의 허물고 있는 벽을 무너뜨려 우리가 상상하는 가족들의 사이를 볼 수 있다. '가족'은 무조건적으로 가깝지 만은 않다. 더 가까운 사이일수록 우리는 무신경하게 된다. 더 가까운 사이일수록 신경을 더 가져야 하며, 더 시간을 보내야 하며, 더 이야기를 나누는 시간을 가져야한다고 본다. 그렇지만 가족이라는 이유로 가족이라는 것 때문에 미루고 미뤘다. 가장 편안하고 마음의 안식처가 돼야 하는 '가족'이 그 정반대가 되어 버린 것이다. 관계의 회복력, 탄력성이 높은 편이었는데 가족에게는 실제의 상황에서 접착력이 떨어져 버렸다. 관계에 지친 면이 없지 않아 있었는데, '가족'이라는 관계 글을 쓰면서 고무적인 면이 보여 긍정적인 자극을 받았다.

내 자신이 세상에서 고립되어지지 않기를

소통의 범위는 모순적인 면역을 중시하고 있다. 개인주의가 발달하면서 개인주의자들은 관계주의보단 개인주의를 더욱 향상시키고 싶어한다. 개인 안에서의 필연적인 이유처럼 개인을 주의시킨다.

소통의 범위는 각자의 범위, 테두리를 만들며 그 테두리가 형성되어간다. 그런 개인주의자들은 동정하는 느낌을 받을 때도 있다. 단지 개인의 자유를 주장하는 것 뿐이었다. 개인의 모순은 이런 개인주의적 주장만을 하면서 공동체 밖에서 벗어나고 있다는 것이다.

배려는 관계의 당연한 이치인데 배려심이 기본도 없었다. 관계지향을 바라지만 모순적인 행동을 한다. 관심은 궁금증을 만들며 질문을 하게 한다. 과연 질문과 궁금이 없다면 그 이상의 관계발전이 있을까?

질문하는 걸 좋아하지만 그것이 상대방에겐 부담으로 다가갈 수도 있다. 그런데 질문이 없다면 그 관계는 어떠한 관계로 서로에게 남는 것일까?

가벼운 사이를 선호하지 않았지만, 상대는 오히려 가벼운 사이가 더 편했을 것이다. 개인주의, 개인의 자유를 주장하는 시대이지만 상대에게 기본적인 배려는 고려해주기를 바라고 바란다.

가볍고, 얕은 사이를 추구하는 친구를 존중하기로 했다. 자신에게 보여지지 않는 모순적인 면에서 고립되어지지 않기를 나는 지양한다.

적정한 거리를 둔 관계

과연 내 삶을 주도적으로 살아왔는가에 관한 답변이다. 나는 내 삶을 내가 꾸려서 살았던 것일까? 자유분방한 나이지만 거절을 잘 하지 못했던 것 같다. 그것을 근본적인 문제로 본다면 타인의 시선을 신경 썼기 때문이다. 거절을 하면 타인은 나를 어떻게 볼까란 문제를 생각했기 때문에 거절을 잘 하지 못하는 것이다. 생각외로 타인은 나에게, 즉 본인에게 신경을 쓰지 않는다. 온통 자신에게로 화살이 집중 되어 있다. 본인에게 온 신경을 쓴다는 뜻이다. 거절하는 것에 도가 트이면 아주 자유로울 수가 있다. 거절하는 것은 하기 싫다는 이유가 있을 수도, 사정이 있을 수도 있다. 그런데 거절을 하지 못하는 사람들은 자신이 스트레스를 받고 골치가 아프게 된다. 기분 안 나쁘게 거절하는 법에 대해서 이야기 하면 된다. 상대도, 나도 좋은 선에서 끝날 수 있게 주도적인 삶을 영위 하려면 타인의 의식에서 벗어나야 한다. 타인의 시선에 신경을 쓰면 쓸수록 자신도 모르게 타인이 하고 싶어하는 것을 하게 된다. 타인의 시선에서 자유로워진다면 본연의 자신을 만날 수 있다. 지금으로써의 나는 내 삶에 주도적으로 살았다고 말할 수 있다. 선택도, 책임도 내가 타인과 나는 좋은 거리와 커뮤니케이션을 유지하고 있었다. 적정한 거리를 둔 관계가 오래 유지되는 것 같았다.

행복의 미지수

행복이라는 건 우리 눈에 뚜렷하게 보여지지 않은 것이라 더 미지수 같다. 그래서 더 무한 제공되는것이 행복일지도… 행복의 감정은 잠시 거쳐갈 때도, 흐려질 때도 있지. 행복은 수학처럼 계산되는것이 아니라 정답인 결과가 나오지 않는다. 그저 행복한 감정을 느끼면 되는 것.

나의 생각이지만 행복한 사람은 계산해서 살지는 않는다. 관계를 계산하지도 감정을 계산하지도 계산해서 똑같이 하지도 않는다. 행복한 사람은 여유롭다. 그렇다고 나태하지도 않다. 마음이 아주 여유로운 사람들이다. 그렇다고해서 계산적인 사람들을 존중하지 않는 것은 아니다. 그 사람들의 특유의 특징이니깐. 성향

이 다를뿐 존중한다. 사회는 계산적인 성향을 가지게 하는 것 같다는 생각을 했다. 뭔가를 받았는데 줘야 할 것 같은 주고받음의 기운. 거기에다가 선물까지 계산해서 주고 받는다는 계산적인 사회를 볼 수 있었다.

행복은 내가 즐기는 일을 할 때 저절로 따라오는 '행복'

당신은 행복해지기 위해 무슨 노력을 하고 있는가요? 행복은 자동적으로 행복해지고, 행복하고 싶다고해서 따라오는 것이 아니라고 보인다. 그러나 행복은 미정되어 있다 누군가에게 제공 된다는 것도 없고 주어지지도 않는다. 모두모두 많은 사람들이 느끼고 행복했으면 좋겠다. 행복은 별 거 아닌데서 많이 나온다. 나는 자주 행복한 느낌을 받는다. 나는 행복한 사람이다.

참다운 자유에 관한 미시적 관점른

인간이 궁극적으로 갈구하는 것, 그 최종 목적은 바로 완전한 자유다. 완전한 자유는 공간의 자유, 시간의 자유, 사회적 자유, 경제적 자유, 사상적 자유를 말한다.

시간의 억압에 벗어나 날고 싶다는 생각, 경제와 사회의 구속에서 탈피하고 싶은 욕망이 발현하고 싶다는 내재적 메아리가 들린다. 순수를 찾아, 날고 싶다는 소리가 들린다. 어쩌면 참다운 자유를 일탈로 불릴 수도 있겠다. 아무튼 계속해서 사고를 전복시켜야 한다.

홀드의 방향성

홀드의 방향성에 따라 몸이 방향에 맞게 맞춰서 따라가야 한다. 홀드의 모양에 따라 몸이 가면 저절로 빠져버리게 된다. 저항으로 인해 홀드의 몸에 반대로 가야 몸이 찰싹 달라붙게 되고 균형을 잡을 수 있게 된다. 그리고 주력 홀드를 하나 정하여, 한 손에 더 균형을 쏟아서 몸의 무게 중심을 이동해야 한다. 몸의 무게중심을 이동하여 홀드에 따라 다리를 올리는 것은 높게 혹은 짧게 하는 것이다. 현재 올라갈 때 반동을 주며 몸 전체를 올리려 한다. 그게 나의 잘못된 자세이다.

이럴 경우에 몸 전체를 씀으로써 팔에 힘이 더 실려 펌핑이 더 빨리 된다. 10을 쓸껄 20을 쓰며 에너지소모를 하고 있는 것이다. 그리고 5.10부턴 다리가 올라가야 잡을 홀드가 나온다. 발을 밟고 체중을 실어야 올라갈 수 있고 잡을 홀드가 보인다. 무게 중심을 잘 잡고 중심이동을 해가며 움직이는 것의 연장선이 암벽 등반이다. 또한 홀드를 잘 잡기위해 홀드를 몸이 지탱할 수 있을 만큼만 잡는 것이다.

발도 지금 닿고 있는 벽위에 몸의 균형을 최적화 시킬 수 있는 곳에 발을 닿으며 몸을 밀착 시키며 발을 완전히 믿고 체중을 실어 힘있게 딛고 일어서야 한다. 그럼 미세한 홀드에도 발을 실어 일어

날 수 있게 된다. 몸의 발란스를 잡아가며 올라가는 것이 중요하다. 물론 힘으로도 올라갈 수 있다. 그렇지만 11, 12, 13 난이도가 올라 갈수록 힘으로만 되진 않는다. 발란스 60%, 힘 40%일 수도 있고, 올라가는 곳마다 다르다. 균형을 잘 잡을수록 하체의 힘으로 훨씬 수월한 등반을 할 수 있게 된다. 그 발란스를 맞추기 위해 첫 번째도 천천히, 두 번째도 천천히, 세 번째도 천천히다. 빨리 급하게 올라가는 건 누구나도 올라갈 수 있다. 힘으론 균형을 잡고 올라가는 연습을 한다. 올라갈 때 전신의 힘으로 올라가면 팔에 체중이 많이 실려 체력 소모가 된다. 올라갈 때 다리만 올라 가는 연습을 한다. 그리고 올라가며 자신의 한계점에 도달할 때가 온다.

그럴 땐 생각하자. 겨우 뭘 저거 가지고. 생각과의 싸움이다. 못한다고 생각할 땐 못갔지만, 생각을 할 수 있다 하니 갔다. 몸을 자주 홀드에 맞춰 바꿔주며 인사이드스텝, 아웃 사이드 스텝 바꿔준다. 점점 업그레이드가 될수록 생각할 것들이 많아지기 시작한다. 발은 어디로 찍을지, 홀드를 잡기 위해선 몸이 어떻게 저항하며 올라갈 지, 몸과 발과 손이 어떤 방향대로 가야할 지 등등 루

트파운딩을 머리속으로 그려놓고 올라간다. 아무래도 그렇다. 올라가다 다리와 손을 털고 생각한다. 올라갈까? 말까? 오만 생각이 다 들지만 몸을 끌어 올린다. 온통 벽들이 날 반긴다. 천천히, 천천히 올라가자고 부르짖는다. 암벽도 인생의 노정의 길에 만나는 노정이다.

속도가 중요하지 않다. 끝까지 올라가는 것도 중요 하지만, 올라가는 동작들 과정이 더 중요한 것이다. 자신의 속도대로 방향대로 가는 것이 더 중요하다. 그리고 또 한 가지, 사람은 자신이 보고 듣고 느끼는 그 틀 형태 안에서 살아간다. 그 시야를 늘리고 싶다. 크게 또는 작게, 거시적인 관점에서 또는 미시적인 관점에서 등 여러 관점에서 나의 시아의 크기를 넓혀 보이게 하고 싶다. 올라가고 또 올라서 밑을 내다보면 꽃의 향연처럼 밑의 시선이 나를 또 여기로 부른다. 암벽의 울림들이 모여 암벽의 길을 개척하고 싶다. 늘 그때처럼.

향상성의 길 위에서

일요일 아침, 날씨는 꿀꿀했다. 날씨가 감정에 옮아붙어 내 기분마져 꿀꿀했다. 비온다는 일기 예보로 인해 등반은 전부 등억으로 이전 되었다. 비가 올까 덜컥 거렸지만, 등반 장비를 챙겨들었다. 알까 모를까 했지만, 나도 모른 채 구름에 얹어 따라갔다. 개미떼가 암벽에 붙었다. 구경꾼이 되어 보는 재미도 쏠쏠했다. 일지를 쓴다는 의미는 나에겐 좀 피곤한 일상이다. 일지는 예전에 많이 써 왔었다. 글의 루트는 정해지는 것이었다. 그래서 식상함이 몸에 전해져 왔다. 그렇지만 암벽의 자태를 연상하기 위해서 암벽을 글로 그린다. 인공암장은 근력을 더 펌핑시켰다. 안 그래도 없는 근육에 기진맥진 했다. 실력이 향상되는 시간은 다 같지 않다. 사람에 따라, 노력의 시간에 따라, 관심에 따라 달라진다. 샘 나게 어떤 이는 실력이 짧은 기간에 향상되기도 하며, 누구는 많은 시간을 요구하며 향상된다. 향상성은 직선이 아니다. 산다는 것도 직선이 아니다.